传媒艺考 **实战** 辅导丛书

丛书组编：张华锋 江苏省传媒艺考联盟

故事编创 辅导

主编　王建娟

丛书编委会
（按姓氏音序排列）

主任委员

陈　石　刘慧泉　乔　鹏　唐鹏钧　翟玉勇

张华锋　朱正江

副主任委员

戴国庆　李　蠡　李泽铭　刘　建　柳太江

孙东海　张金亮

编委

卜卫华	邓志汉	曹　夫	丁匡一	高　翔	郭家宏
稽永文	蒋蔓青	李炳耀	李德林	李思思	李腾飞
李震宇	马文耀	戚卫东	齐建亮	童　盛	王　湘
奚逸锋	项雷达	徐　超	许昌艳	雪漫江	杨清新
于丽丽	张　毅	赵海卫	赵　媬	郑　阁	钟　玲

南京师范大学出版社
NANJING NORMAL UNIVERSITY PRESS

图书在版编目(CIP)数据

故事编创辅导 / 王建娟主编. —南京：南京师范大学出版社，2016.10

ISBN 978-7-5651-2918-6

(传媒艺考实战辅导丛书)

Ⅰ.①故… Ⅱ.①王… Ⅲ.①戏剧文学创作－高等学校－入学考试－自学参考资料 Ⅳ.①I053

中国版本图书馆 CIP 数据核字(2016)第 243267 号

书　　名	故事编创辅导
本册主编	王建娟
丛书策划	王　涛
责任编辑	于丽丽
出版发行	南京师范大学出版社
地　　址	江苏省南京市宁海路 122 号(邮编：210097)
电　　话	(025)83598919(总编办)　83598412(营销部)　83598297(邮购部)
网　　址	http://www.njnup.com
电子信箱	nspzbb@163.com
照　　排	南京理工大学资产经营有限公司
印　　刷	兴化印刷有限责任公司
开　　本	787 毫米×1092 毫米　1/16
印　　张	11.25
字　　数	160 千
版　　次	2016 年 10 月第 1 版　2016 年 10 月第 1 次印刷
书　　号	ISBN 978-7-5651-2918-6
定　　价	30.00 元

出 版 人　彭志斌

南京师大版图书若有印装问题请与销售商调换

版权所有　侵犯必究

近年来随着国家大力发展文化产业,传媒艺考开始受到更多高中生的青睐,参加艺考成为很多高中生的选择。在平时的生活中,高中生尽管或多或少会接触到影视内容,但是普遍缺乏对传媒艺考知识点的系统学习。为此,我们编撰了这套传媒艺考书籍,旨在帮助参加艺考的学生取得理想成绩。

影视艺术专业的广播电视编导招生考试中,笔试分为故事编创和影评写作两个部分。2010年南京师范大学广播电视编导专业考试内容分为影评写作、故事编写、才艺展示、综合面试四个部分,总分为300分,其中影评写作100分、故事编写50分、才艺展示50分、综合面试100分。2016年江苏省广播电视编导专业联考考试总分依旧是300分,其中影评写作100分、故事编写100分、才艺展示20分、综合面试80分。在2016年江苏省广播电视编导考试各项目分值所占比例中,故事编创的分值比重由原来的六分之一,到现在的三分之一,不难看出故事编创在广播电视编导考试中变得越来越重要。

故事编创考试主要有故事编写和故事编讲两种形式。本书旨在为广播电视编导专业考试中的故事编创考试提供教材,同时也适用于戏剧影视文学专业考试中的命题创作考试、数字媒体专业的写作考试,以及导演和表演专业的故事编讲考试等。

本书主要包括六章内容，分别是故事编创概述、故事题材的选择、故事的编创元素、故事的谋篇布局、故事编写和编讲的应试技巧等。在章节的内容编排上，首先对故事编创的理论知识进行系统梳理，然后具体分析故事的编创元素、故事的谋篇布局，并结合文学、影视作品进行详细的讲解，最后对故事编写和故事编讲的应试技巧进行了有针对性的提炼。

现在市面上关于艺考的书籍很多，但是专门针对故事编创的艺考教材屈指可数，而且内容多偏重大量素材的积累。积累素材是故事编创的重要基础，但是在实际考试中，考生很难灵活运用自己日常所积累的故事，所以本书注重将故事编创的理论知识及技巧与编创的实际案例相结合，深入浅出，让考生通过本书理论与实践相结合的学习，领会故事编创的技能。

本书的主要编者是长期从事传媒艺考培训的一线老师，有着多年的培训和教学经验，能够较深入地把握学生的学习过程，熟悉学生在实际学习各个阶段所需要掌握的内容，而且注重对艺术类考试的命题规律和考试政策进行细致的研究。在此基础上，本书编者集中分析了江苏省和其他艺考大省的相关真题，可供考生借鉴和参考。希望考生灵活运用本书中所讲述的故事编创技巧，并辅以自己的理解，从而形成自己的写作思路，在考试中取得理想的成绩。

本书在编写过程中，参考并借鉴了相关资料，在此谨向各位作者深表谢意。由于编写者水平有限，书中难免存在疏漏和不足，请广大读者批评指正，以期本书不断完善。

编　者
2016 年 8 月

第一章　故事编创概述

第一节　什么是故事 ………………………… 2
一、故事的定义 …………………………… 2
二、故事的流传形式 ……………………… 3
三、故事的基本特征 ……………………… 4

第二节　艺考中的故事编创 ………………… 5
一、为什么要考故事编创 ………………… 5
二、故事编创的几种题型 ………………… 6
三、故事编创的思路分析 ………………… 8

第二章　故事题材的选择

第一节　故事题材的准备 …………………… 12
一、题材的界定 …………………………… 12

二、题材的分类 …………………………………… 12
　　三、故事题材的来源 ……………………………… 13
　第二节　故事题材选择的原则 ……………………… 18
　　一、真实 …………………………………………… 18
　　二、新颖 …………………………………………… 20
　　三、时代性 ………………………………………… 21

第三章　故事的编创元素

　第一节　主　题 ……………………………………… 24
　　一、主题的内涵 …………………………………… 24
　　二、主题的发掘与确立 …………………………… 25
　　三、主题的表现形式 ……………………………… 30
　第二节　人　物 ……………………………………… 41
　　一、人物的内涵 …………………………………… 41
　　二、人物的分类 …………………………………… 42
　　三、人物形象的塑造 ……………………………… 45
　　四、人物关系的表现 ……………………………… 52
　第三节　结　构 ……………………………………… 62
　　一、胸有全局布精兵 ……………………………… 62
　　二、结构的分类 …………………………………… 67
　第四节　悬　念 ……………………………………… 74
　　一、悬念的内涵 …………………………………… 75
　　二、悬念的分类 …………………………………… 76
　　三、构成悬念的因素 ……………………………… 77
　　四、悬念的设置 …………………………………… 82

第五节 冲 突 ······ 86
一、冲突的定义 ······ 87
二、冲突的分类 ······ 87
三、冲突的特征 ······ 94
四、冲突的构建 ······ 98

第四章 故事的谋篇布局

第一节 故事开头 ······ 110
一、常见的故事开头方式 ······ 110
二、故事开头的写作要求 ······ 112

第二节 故事主体 ······ 114
一、故事主体的内涵 ······ 114
二、故事主体的写作要求 ······ 115

第三节 故事结局 ······ 123
一、常见的故事结局方式 ······ 123
二、故事结尾的要求 ······ 126

第五章 故事编写的应试技巧

第一节 故事编写的表现技巧 ······ 130
一、倒叙 ······ 130
二、插叙 ······ 132
三、白描 ······ 136
四、工笔 ······ 137

第二节　故事编写的注意事项 …… 138
- 一、选准立足点 …… 138
- 二、找准核心线索 …… 139
- 三、详略得当 …… 139
- 四、波澜起伏 …… 140

第六章　故事编讲的应试技巧

第一节　故事讲述的语言技巧 …… 146
- 一、注意口语化，语言要平实 …… 146
- 二、驾驭语速节奏 …… 148
- 三、突出细节，具体形象 …… 150

第二节　故事编讲的注意事项 …… 152
- 一、抓住题型结构故事 …… 152
- 二、准备时做笔记 …… 153
- 三、尽量简化你的故事 …… 154
- 四、运用体态，增强表达 …… 154

附　录

- 附录一　历年故事编创考试真题 …… 158
- 附录二　编讲故事模拟真题 …… 168

- 主要参考书目 …… 171

第一章
CHAPTER ONE

故事编创概述

作为本书的第一章,我们首先需要对故事有一个基本了解:什么是故事?艺考中所要编创的故事与我们平常所说的故事有什么区别与联系?解决这两个问题是这一章教学的重点和难点。本章主要包括两部分的内容:其一,故事的定义、流传形式和基本特征;其二,从传媒类艺考要求,尤其是广播电视编导专业考试的角度,分析故事编创的考试目的、考试题型以及编创思路。

第一节　什么是故事

故事重在对事件发展过程的描述,强调情节的生动性和连贯性。通过本节的学习,考生可以先对"故事"这一文体有个大致的认识与把握,并在此基础上了解故事的基本特征。

一、故事的定义

在《现代汉语词典》中,故事是指真实的或虚构的用作讲述对象的事情,有连贯性,富吸引力,能感染人。

在《辞海》中,故事是指叙事性文学作品中一系列为表现人物性格和展示主题服务的有因果联系的生活事件,由于它循序发展、环环相扣,成为有吸引力的情节,所以也称故事情节。它侧重于对事件过程的描述,强调情节的生动性、连贯性,较适于讲述。

二、故事的流传形式

1. 神话传说

神话传说是一个民族宝贵的精神财富,在人类文化史上有着很重要的地位。它的题材、内容、人物等成为后人文学创作的源泉,如中国神话中的"女娲补天""后羿射日",希腊神话中的"宙斯"等,一直源远流长,经久不衰。

2. 寓言

寓言中多运用比喻、夸张、拟人、象征等手法,通过形象的故事,来寄托意味深长的道理。如中国的《刻舟求剑》、古希腊的《伊索寓言》、法国的《列那狐传奇》等。寓言大多语言精辟简练,结构简单却极富表现力。

3. 民间故事

民间故事具有完整的故事情节、鲜明的人物形象,故事情节很有吸引力,流传很广泛。如《梁山伯与祝英台》等,近乎家喻户晓,妇孺皆知。

4. 志怪小说

志怪小说大多数是关于灵怪神仙的故事,如《搜神记》《聊斋志异》等。

5. 唐宋传奇

唐宋传奇中,因为人物形象突出,一般篇幅也相应较长。如《李娃传》《长恨歌》《长生殿》等。

6. 宋元话本

话本是宋元民间艺人讲故事所用的底本。如著名的"三言二拍"(冯梦龙所编的《喻世明言》《警世通言》和《醒世恒言》,凌蒙初所编的《初刻拍案惊奇》和《二刻拍案惊奇》)等。

7. 明清章回体小说

明清时期出现的章回体小说,其故事篇幅宏大,人物众多,所涉及的场面辽阔,大故事中套若干小故事。上至帝王将相,下到底层民众,形成了一幅时代的生活画和风俗画,标志着中国人讲故事的能力达到了新的高度。如《三国演义》《红楼梦》等。

三、故事的基本特征

本书中,我们所讲的故事通常是指戏剧故事。一个优秀的戏剧故事,要求内容曲折,情节丰富,结局出人意料又在情理之中,尤其是内容充满戏剧性,让人印象深刻。所谓戏剧性,一般是指人物自身、人物之间或人物与环境之间发生的矛盾冲突所造成的悬念或激变。有时也包括出乎意料的结构或情节,或富有动作化的语言等。

故事的基本特征主要有以下几点。

一是结构完整明晰。故事必须是一个结构完整的事件,这样才能让读者或观众看懂讲述的内容。通常一个完整的故事需要具备时间、地点、人物、情节等要素。

二是情节生动曲折。故事是一种以情节见长的语言艺术,只有情节丰富,才能使故事内容充实,人物形象饱满,这样的故事才有可读性。

三是人物个性鲜明。人物是故事的核心,是推动故事情节发展的关键要素。只有人物具备鲜明的特征,才能引领故事的整体走向。

四是环境典型真实。无论故事的内容是虚构的还是真实的,只要环境具有真实性,都可以塑造一个"真实"的故事。

五是语言通俗易懂。故事的语言不需要华丽的辞藻,追求平实易懂。故事归根究底是大众的艺术。

第二节 艺考中的故事编创

故事编创一直是传媒类专业艺术高考,尤其是广播电视编导专业考试中的重点和难点。在江苏省内的相关考试中,故事编创的考试形式多为"编写故事";在其他省份中,则有部分院校采用"编讲故事"的方式。故事编创主要是考查学生对生活的观察和提炼能力,对问题的逻辑思维能力,对事件的整体把握能力,以及文字表达能力和语言表述能力。

一、为什么要考故事编创

第一,基于故事重要的文学地位。故事一直存在于古今中外文艺创作的过程中,它是小说、戏剧、电影、电视剧的源头。考查学生编创故事的能力,也是对其文学修养的一次审视。

第二,基于专业潜力的发掘。一般而言,观众对一部影视作品记忆最深刻的部分就是其所讲述的故事。所以,一个合格的影视从业人员,不仅要能拍出精美的画面,还需要为观众讲述一个震撼人心的故事。对考生编创故事能力的考查,也是对其专业潜力的一个摸底。

第三,基于对考生观察能力的把握。艺术来源于生活而高于生活。只有来自生活中的故事,才能真正地打动人。让考生创编故事的过程,也是对考生观察生活能力的一种把握,还可以帮助考官了解考生的人生观、世界观、价值观。

二、故事编创的几种题型

故事编创是广播电视编导、戏剧影视文学等专业的重要考试形式之一。这种考试大体上可以分为以下六种题型。

第一种：词语概念式。即以一个词语或者短语为命题编创故事。例如：

- 2016 年江苏省广播电视编导专业联考试题

关键词：四十岁

- 2015 年江苏师范大学广播电视编导专业招生考试试题

关键词：看台

- 2014 年重庆大学广播电视编导专业考试试题（长沙考点）

关键词：卖雪糕的女孩

通过以上三个真题可以看出，词语概念式的考题类似高考作文中的命题写作，但是两者的考查重点不一样。命题编创故事考查学生对于生活的观察与感悟，命题写作更多的是考查学生的文字功底。特别是命题编创故事的体裁只可以是故事，这一点考生在命题故事的创作中要多加注意。

第二种：句子判断式。即以一个短句或句子为命题编讲故事。这种题型实际上就是给出了一个事件发生的环境或背景。例如：

- 2012 年成都理工大学戏剧影视文学专业（山东考点）考试试题

"一定会超过你的！"他潇洒地转身，留下齐越一个人愣愣地站在原地。

第三种：形象组合式。这是最常用的一种题型，即给出几个不相干的词语，要求在故事中出现，不必分先后顺序。例如：

- 2014 年南京师范大学广播电视编导专业（云南考点）考试试题

关键词：出租车、约定、盒饭

• **2014年浙江传媒学院广播电视编导专业(山东考点)考试试题**

关键词:囚禁、手套、相片、傀儡、鸽子

第四种:给定材料式。即给考生一个故事主题,让考生围绕这个主题进行创编,不能偏离主题。例如:

• **2014年重庆师范大学戏剧影视文学专业(山东考点)考试试题**

以下面这则材料为依据编写一个故事。

冲 突

1. 一对中年夫妇起床后正常洗漱、吃饭、上班。

2. 他们只有一辆代步车作为交通工具,平常上班都是丈夫开车,先送妻子上班,然后自己开车去上班。

3. 这一天早晨,他们上班途中因为日常生活中的琐碎小事闹得不愉快,虽然双方都试图解释并原谅对方,可是事与愿违,矛盾进一步激化,争吵更加强烈,冲突达到顶点,其中一人中途下车,愤然离去。

第五种:续写式。即故事已经开始,要求考生继续编下去,寻找合理的结局。例如:

• **2014年南京艺术学院广播电视编导专业(成都考点)考试试题**

故事续写:他从书架上把书拿下来,突然发现书架上有一个奇怪的标记……

• **2014年暨南大学戏剧影视文学专业(长沙考点)考试试题**

故事续写:黄昏,微雨,晓歌刚走出家门,一辆豪车停在她的身旁……

• **2012年南京艺术学院广播电视编导专业(南京考点)考试试题**

故事续写:毕业那天,班长提议全班同学围成一个圈,每个人在纸条上写下自己的一个秘密,传给自己左边的人。"我暗恋他四年了,一直没敢表白,所以我选择坐在他的左边,希望能知道他的一个秘密。"只见传过来的纸条上写了这样几个字。

第六种:情节拼块式。即让考生将几个混乱的情节拼凑在一起,用自己认为比较合理的顺序增加适当情节拼回原状。例如:

- **2014 年天津工业大学广播编导专业(山东考点)考试试题**

故事编写。

具体要求:(1) 编写一篇故事,题目自拟,不少于1 200字。

(2) 要求故事情节设置合理,主题积极向上,画面感强。

(3) 故事中要有下面所提供的三句话,并用"＿＿＿＿"标出。三句话的顺序可以进行调整。

a. 到处是香烟萦绕。

b. 他是一个见了酒就不要命的人。

c. 这似乎是职业的"后遗症"。

- **2014 年渭南师范学院广播电视编导、戏剧影视文学专业(山东考点)考试试题**

故事编写。

人物:顾明明、刘晓雯、段玉清

片段一:顾明明在候车厅看到了三年未见的刘晓雯,高兴极了。

片段二:刘晓雯失落地看着手机屏幕,默默地流下泪水。

片段三:段玉清抬手给了顾明明一巴掌。

根据上述情节编写故事。

三、故事编创的思路分析

我们不妨以某校艺考题"戒指"为例,来思考以下故事编创的思路。

A. 于梦认识的男孩石强,第一次见面就送了她一个戒指。

B. 于梦认识的男孩石强,第一次见面送了她一个戒指后,她拒绝了,收下了鲜花。

C. 于梦认识的男孩石强,第一次见面就送了她一个戒指,她拒绝了,收下了鲜花。第二天男孩就不见了。

D. 于梦认识的男孩石强,第一次见面就送她一个戒指,她拒绝了,收下了鲜花。第二天男孩就不见了。后来于梦去石强的公司找他,却得知这个人实际上已经去世了,于梦意识到自己被欺骗了。

E. 于梦认识的男孩石强,第一次见面就送她一个戒指,她拒绝了,收下了鲜花。第二天男孩就不见了。后来于梦去石强的公司找他,却得知这个人实际上已经去世了,于梦意识到自己被欺骗了。几天之后于梦收到了那个男孩的来信,原来石强因为救好友林晨而去世,此前他告诉林晨,他一直暗恋着于梦,最大的心愿就是有一天让她戴上自己买的戒指,所以林晨才会认识于梦,并送戒指给她,希望完成石强的心愿。

我们来分析这个故事层层推进的过程。

A:这是一个简单的事件。

B:这件事因为于梦的拒绝而发生转折,让读者想知道拒绝后发生了什么。

C:这两个人物之间发生了冲突,读者会推测石强为什么消失不见。"为什么"这三个字永远是引导读者或观众对作品感兴趣的主要因素。小仲马说:"在这个情境,我该做些什么事?别人将会做些什么事?什么事是应该做的?"作为读者或观众也会有很多问号,他们的问号就是新的悬念。

D:这是故事走向开始并达到高潮的部分。但是这样的结局并不能满足读者的需求,因为他们完全知道这是一个骗局。

E:这一次的转折很重要,使最后的主题也有了升华。爱情、信任、价值观,等等,都让这个故事有了一个不一样的结局。

我们再来分析主人公于梦的整个心理转变过程:开心、浪漫—着急、奇怪—失落、感伤—对于爱情、信任等的感悟。这其实也是整个故事发展的一个重要线索。所以,在故事编创的过程中,我们要明确,读者很多时候关注的是作品如何巧妙编织人物的心理变化和人物的命运何去何从。

通过上述分析,我们可以大致梳理一下故事编创的思路:一是根据命题,确立主题,设置情节;二是根据情节,设置人物(主要人物和次要人物)以及他们之间的关系;三是注意寻找时机设计悬念;四是制造矛盾冲突,形成高潮;五是选择结局,结局应在情理之中、意料之外。此外,还应注意对环境、细节等的描述,以此来烘托气氛,突出人物形象。在之后的几章中,我们将会对此进行展开介绍。

第二章

CHAPTER TWO

故事题材的选择

"巧妇难为无米之炊",进行故事编创前,需要有一个长期的各类知识积累的过程。考生要学会从平日积累的大量素材中进行加工、提炼,选择合适的故事题材,并灵活运用编创元素和应试技巧,完成故事编写或编讲。本章首先介绍故事的题材类型和来源等基本知识,然后对适用于考试的选择题材的方法进行归纳,最后提出选择题材过程中所要遵循的原则。

第一节 故事题材的准备

在进入正式的故事编创学习前,本节将简单介绍故事题材的界定、分类与来源,引导考生在平常的学习生活中做个有心人,注意积累故事编创的素材。同时,本节旨在培养考生从备用素材中发现有用故事题材的意识,为以后相关内容的学习打下基础。

一、题材的界定

《现代汉语词典》(第6版)中对"题材"的定义是:构成文学和艺术作品的材料,即作品中具体描写的生活事件或生活现象。通常题材有广义和狭义之分。狭义上说,题材是指素材中经过选择、加工、提炼,用来表现主题的材料;广义上说,题材除了狭义的概念外,也可以指社会生活、社会现象的某个方面。

二、题材的分类

故事题材包括武侠、历史、科幻、情感、校园、农村、都市等多种类型。例如,我们熟悉的电影《卧虎藏龙》属于武侠题材,《鸿门宴》属于历史题材,《阿凡达》是科幻题材,《致我们终将逝去的青春》是爱情题材,等等。

在考场上,很多考生想当然地认为那些离我们日常生活比较遥远的"新鲜"题材更能够吸引考官,实际上我们鼓励考生进行故事编创时,要多从熟悉的题材说起,从身边取材,以和自己日常生活关系较为密切的如家庭题材、校园题材为主,展开故事编创。亲情类故事、友情类故事等,这些是我们每个人都比较熟悉的,这类题材常说常新,是永恒的话题。在考场中,以这类题材进行故事编创,考生不会无话可说,而且如果能够有效提炼自己对生活最真切的记忆与感受,发掘出生活中最触动人心的地方,写出自己的真情实感,从相似的题材中写出自己的新颖之处,完全可以打动考官,获得理想的成绩。

三、故事题材的来源

1. 在经典中"搜索"

经典,就是指那些经过历史选择的、公认的、构成人类文化传统精神的各类具有独创性的作品,包括古今中外经典的文学作品与非文学作品。

经典故事包括神话、寓言、民间故事、童话等,如《精卫填海》《梁山伯与祝英台》《三打白骨精》等。这些古今中外的经典故事,为我们提供了丰富的题材资源和故事编创蓝本。

【案例导读】

山鸡起舞

陈全安

山鸡天生美丽,浑身都披着五颜六色的羽毛,在阳光的照耀下熠熠生辉、鲜艳夺目,叫人赞叹不已。山鸡也很为这身华羽而自豪,非常怜惜自己的美丽。它在山间散步的时候,只要来到水边,瞧见水中自己的影子,它就会翩翩起舞,一边跳舞一边骄傲地欣赏水中倒映出的自己那绝世无双的舞姿。

魏武帝曹操当政的时候,有人从南方献给他一只山鸡。曹操十分高兴,召来了有名的乐工,为它奏起动听的曲子,好让山鸡跳舞歌唱。乐工卖力地又吹又打,可是山鸡却一点都不买账,充耳不闻,既不唱也不跳。曹操的手下人拿来美味的食物放在山鸡面前,山鸡连看都不看,无精打采地耷拉着脑袋走来走去。就这样,任凭大家想尽了办法,使尽了手段,始终都没办法逗得山鸡起舞。

曹操非常扫兴,气恼不已,斥责手下人说:"你们这么多人,连一只山鸡都对付不了,还怎么做大事!"

曹操有一位十分钟爱的小儿子,名字叫作曹冲。曹冲自幼聪明伶俐,又博览群书、见识渊博。这时候,他动了动脑子,有了主意,于是就走上前对曹操说:"父王,儿臣听说山鸡一向为自己的羽毛感到骄傲,所以一见到水中有自己的倒影,就会跳起舞来欣赏自己的美丽。何不叫人搬一面大镜子来放在山鸡面前,这样山鸡顾影自怜,就会自动跳起舞来了。"

曹操听了拍手称妙,马上叫人将宫中最大的镜子抬过来,放在山鸡面前。

山鸡慢悠悠地踱到镜子跟前,一眼看到了自己无与伦比的丽影,比在水中看到的还要清晰得多。它先是拍打着翅膀冲着镜子里的自己激动地鸣叫了半天,然后就扭动身体、舒展步伐,翩翩起舞了。

山鸡迷人的舞姿让曹操看得呆了,连连击掌,赞叹不已,也忘了叫人把镜子抬走。

可怜的山鸡,对影自赏,不知疲倦,无休无止地在镜子前拼命地又唱又跳。终于,它耗尽了最后一点力气,倒在地上死去了。

简析

　　这个故事出自南朝宋刘敬叔的《异苑》,讲述的是一只美丽而虚荣的山鸡,由于妄自尊大,最终自食其果的悲剧。故事告诫我们,任何时候都不要陶醉于美丽的外表,要清晰地认识自己,量力而行,否则将自食苦果。这则故事可以与现在社会所提倡的"告别虚荣,沉淀自己"相联系,每一年的艺术考试中,很多真题是与社会热点相结合的。所以,我们可以在把握经典故事的核心思想的基础上,将其巧妙运用到考试的故事编创中。

　　类似这样的故事在中国文学史上有很多,这就需要考生在正式学习故事编创之前回顾已有的知识积累。这些传世的经典故事,或歌颂着崇高的人类精神,或充溢着浓郁的人文情怀,或蕴含着深刻的人生哲理,都为我们创编故事提供了无比丰富的线索和资料,是一座供我们取材的丰富"金矿"。考生如果能够较好地运用经典故事素材,将其与时代精神,与自己的创作实际相结合,那么在故事编创的考试中便占据了很大的优势。

2. 在生活中"淘宝"

　　生活是一个万花筒,充满着精彩的故事,五彩缤纷、酸甜苦辣、悲欢离合,组成了我们生活的一幕又一幕的不同画面。"家事、国事、天下事",它们就像电影,在我们心中一幕幕地投射,让我们感动、感怀、感慨。积累鲜活的素材,从平凡人的身上发掘不平凡的闪光细节,从日复一日的琐碎中,寻找生命的意味和情味,这就是在生活中"淘宝"。

　　很多考生认为自己没有足够的阅历,无法去丰满故事中的人物生活,其实人的情感经历在很大程度上是类似的、相通的。例如,考题描写的是一个步入中年的男子,他即将面临的可能是决定他去留的工作问题,个人生活和职业生涯的好坏都在此一举。题目要求考生描写他在工作困境前的那种忐忑。虽然考生极有可能没有那么多的现实经历,但是或许有过在一个风雨交加的夜晚,独自一人在一个黑暗的房间里,内心充满不安地度过一夜的感受。这样的感受与故事主人公的感受在一定程度上是相似的。那么就可以把这一夜的感受生动地描述下来,以此来表现人物的焦虑与不安。故事编创并不是天马行空的想象,而是要求我们在生活中做个有心人,注意积累鲜活的素材。很多一瞬间的记忆或想法,都可以把它们记录下来,这样的一瞬间也会是以后创作题材的来源,而且这样的感觉是真实的、最直观的故事编创来源。

2013年河北省某院校的一个考题是以"父母对我的爱"为题,写一个生活中所发生的真实故事。这道考题有一个很明确的主题,表达亲情。而亲情是考生在日常生活中最熟悉的一种情感。然而遗憾的是,很多考生并不能够从琐碎的日常生活、身边感受中"淘宝",生活中似信手采撷可来的素材却始终无法有效地积累转化成为故事编创的优质题材,导致创编的故事不尽如人意。

【案例导读】

爱

张爱玲

这是真的。

有个村庄的小康之家的女孩子,生得美,有许多人来做媒,但都没有说成。那年她不过十五六岁吧,是春天的晚上,她立在后门口,手扶着桃树。她记得她穿的是一件月白的衫子。对门住的年轻人,同她见过面,可是从来没有打过招呼,他走了过来。离得不远,站定了,轻轻地说了一声:"噢,你也在这里吗?"她没有说什么,他也没有再说什么,站了一会,各自走开了。

就这样就完了。

后来这女人被亲眷拐了,卖到他乡外县去做妾,又几次三番地被转卖,经过无数的惊险的风波,老了的时候她还记得从前那一回事,常常说起,在那春天的晚上,在后门口的桃树下,那年轻人。

于千万人之中遇见你所要遇见的人,于千万年之中,时间的无涯的荒野里,没有早一步,也没有晚一步,刚巧赶上了,那也没有别的话可说,唯有轻轻地问一声:"噢,你也在这里吗?"

简析

"这是真的",张爱玲以四个字起首,单独作为一段,潜台词即这不是小说,更不是传奇。这个故事或许是张爱玲从别人那里听来的,抑或是她直接从生活中观察得到的,总之,这是露水般鲜活的生活。我们说"没有早一步,也没有晚一步,刚巧赶上了",这就是缘分,这就是爱!这个凄美的故事,让人领悟到生活中时刻都是美好的瞬间,只要你细心去体悟。犹如这位故事中的女主角,她几次三番被转卖,老的时候依然能够记得那个春天的晚上,那棵桃树下,那个小伙子的一句话。这是她一生中都难以忘怀的场景,化为了生命中的永恒,成为她饱经沧桑的生命中永恒的亮色与温暖的记忆。

张爱玲在她的散文里言及的,多是琐碎的日常生活、身边感受,她有滋有味地品尝着世俗人生的种种,但又能超越庸常和浅薄。艺术来源于生活,但可以高于生活。这就启示我们考生在日常的生活中要善于关注那些细小的日常瞬间,例如,失落、感动等等。

此外,考生还可以运用网络视频资源积累相关题材。随着新媒体时代的到来,现在已经从一个"读图的时代"演变成一个"视频的时代"。微视频、微电影的传播就充分运用了其独特的故事性,而且这样的故事多发生在我们的身边。例如,微电影《时光》,主要讲述了一对年轻的男女,因为彼此相爱而结合在了一起。在平淡的生活中,他们遇到了各种琐碎的事情,甚至有过争吵,但是在面对生活中的困难——女主不孕不育时,两人却是携手面对。在女主双目失明的时候,男主尝试着蒙起双眼去感受女主的生活……两人共同体验了生老病死的人生历程。泰国公益广告《姐妹》,聚焦姐妹之间的情感,讲述了儿时姐妹之间的种种争执,以及长大后妹妹的叛逆,致使姐妹两人的矛盾和误解加深,直到姐姐身患绝症,双方才重归于好,相依为命,故事情节生动、感人。青春爱情片《男生日记》则以照片的方式回忆了大学的恋爱时光。在这样的微电影中,观众可以感受到不同人的不同生活。一些公益广告中也都有各种小故事,考生在积累的时候可以对此加以关注。

艺考生的生活经历大多是简单的,通过自己的素材积累和旁观他人的生活,培养自己对生活的感知能力,积累多方面的生活体验,可以避免实际创作中天马行空的现象。

第二节　故事题材选择的原则

通过上一节对故事题材的积累学习后,我们再来关注故事题材选择的原则。从广义的角度看,故事题材的选择一般是没有限制的,任何题材都可以运用;但就狭义的角度讲,由于故事的主题、结构、情节等选择有一定要求,因而在题材的选择上也具有一定的局限性,并存在一定的难度。

选择故事题材时,除了要符合价值取向、情节特写等基本原则外,考生还可以对照下面提出的一些原则作为参考,做好故事编创前的准备工作。

一、真实

真实是故事编创的基础。

一是生活真实,即现实生活中实有的人和事。只有经历过生活的真实感悟,有着实实在在的经历,才能使故事可信。

生活真实为故事编创提供原型或启示,有狭义和广义之分。文学作品中狭义的"生活真实",主要是指实际生活中客观存在的人和事,即人物和事件合乎生活的常情常理,合乎客观生活的规律和法则,换言之,即我们常说的"原生态"。这种生活是原汁原味的生活,是没有经过加工、提炼,没有经过人的大脑和主观意识改造过的生活。它是自然的,原始的,粗犷的,真实的。广义的"生活真实"包括狭义的"生活真实"以及历史真实和科学真实。历史真实,就是历史上确实发生过的人与事,乃至历史事件。科学真实,即文学作品中的科学性,指的是用自然规律来检验文学作品中的某些叙述和描写,要考虑作品中所写的景物、事物及人物的活动是否符合人与物的自然发展规律以及科学史实。对文学作品的真实性、严密性的思考,不能不包含着对科学性的思考。

生活真实是文学创作的原则和基础,文学创作是建立在生活真实基础之上的,没有生活真实作为基础,一切文学艺术都会成为无源之水、无本之木。任何文学艺术如果脱离了生活真实,靠主观臆想、胡编滥造,缺乏真实性,也就谈不上艺术真实。因而,重视生活真实的意义,也是我们在编创故事时首先需要注意的一点。

二是艺术真实,即经过艺术加工处理后符合生活本质的真实,不一定要确有其事,但要符合逻辑与情感的真实需要。

艺术真实是艺术作品应具备的重要品格之一,是艺术职能得以有效发挥的重要条件,是艺术创作者追求的终极目标,也是我们编创故事整个过程中的努力方向。它既是艺术作品善和美的前提条件,也是艺术作品艺术生命力的保障。艺术真实来源于社会生活,是创作者以生活真实为基础,按照生活发展的必然逻辑和自己的美学理想,对生活进行提炼、加工和集中概括,以反映生活的真实本质。艺术真实是对生活真实的净化、深化和美化,它比生活真实更集中,也更能深刻地显示出社会生活的本质。例如,中国古典文学四大名著之一的《红楼梦》,就做到了生活真实与艺术真实的完美统一,成为艺术真实的最高典范。

　　故事编创中,我们要特别注意生活真实与艺术真实之间的有机联系。比如,《西游记》中的孙悟空,虽然不是生活中真实存在的人,他是一只猴子,但又具备人的性格与特点,有人的思维和行为。因此,我们说孙悟空是一个艺术典型形象。故事里,生活真实是基础,艺术真实必须以生活真实为依托,脱离生活真实的艺术真实是虚假和编造,不能引起人们的喜爱与情感共鸣。综观历史上还有现当代所有优秀的文学作品,之所以能够深深吸引读者,无不在于它们反映着现实,并由作者发挥主观能动性建立起了经得起反复推敲的事理逻辑,近乎完美地实现了生活真实和艺术真实的融合。

　　所以,考生在平日生活中主动积累创作素材的同时,还要学会思考,学会对素材进行灵活改编。在考场上,1 000字左右的故事中要有对现实生活中所发生事情的描述,更要有对生活真实的超越,有对生活的本质以及事件发展必然性的揭示等,所以考生首先要善于提炼生活中的"美",以此作为自己的创作出发点,然后在尊重生活真实的基础上进行合理的改编、创造。

二、新颖

　　新颖的题材是使自己的作品区别于其他人作品的一个亮点。题材新颖,一方面是指合理运用前人未曾发现、未曾使用过的材料。在新媒体时代,题材的来源是很广泛的,新材料、新事件不断涌现。因此,我们要善于从报纸、书籍、网络、电影、电视等媒介中寻找适合故事编创的题材,从而创作出具有时代特点和文化内涵的故事作品。一度热播的韩剧《来自星星的你》,虽然是以爱情题材为主线,但通过外星人题材和悬疑凶手的副线包装后,故事引人入胜,相较于同类题材,内容凸显出了自身的与众不同,从而持续引起观众热议。因此,考场上,考生若能编创出一个题材新颖的故事,就很有可能让考官眼前一亮,使自己在众多考生中脱颖而出。

另一方面,在题材同质化严重的今天,对于考场应试而言,张扬想象,竭力开掘新题材的难度还是比较大的,比较现实的一种方法是"活用旧材料",即以独特的视角在旧材料中提炼新鲜的主题,也就是"旧瓶装新酒"。例如,电影《画皮》与蒲松龄《聊斋志异》中"画皮"的故事、《大圣归来》与小说《西游记》,等等,都是选择了观众再熟悉不过的故事题材,但却在原有人物形象与故事内核的基础上做了人物与主题的深度更新,创作出反映时代内容和观众心声的新主题,赋予了原作品新的生命力,因此这种凭借"翻新"制胜的故事依然能够获得观众的喜爱和支持。

三、时代性

对于广播电视编导专业考试而言,编创出富有时代性的故事,在一定程度上能够表现出考生所具备的专业素质。石涛有言,"笔墨当随时代"。故事编创离不开我们生活的时代,即使是对经典故事的表现,故事的价值取向和主题立意,故事情节的铺陈发展,故事语言的运用,也都可以体现当下的时代特色,让人能够感受到生活时代的气息。时代性是决定故事质量的重要元素之一,既提供了带有时代特征的故事基调,也决定了故事的发生时限、地域特色、题材价值,还决定了故事中人物在情感、智慧、矛盾冲突上的质量。要做到我们之前提及的题材新颖,突破旧有题材、旧有情节的同质化、模式化,让故事"新"起来,就必须让故事充满时代性,具有现代感。

例如,都市情感剧《欢乐颂》中,从外地来上海打拼的樊胜美、关雎尔、邱莹莹三个女生合租一套房,与高智商海归金领安迪、魅力超群的富家女曲筱绡同住在一个名叫"欢乐颂"的小区的22楼。五个女人性格迥异、年龄差别大、阶层相距殊远,但因为邻居关系而相识、相知,从互相揣测对方到渐渐接纳彼此，并互相敞开心扉。在这一过程中，她们齐心协力解决了彼此生活中发生的种种问题和困惑，并见证着彼此在上海这座"魔都"的成长与蜕变。这部电视剧之所以热播，正是因为它击中了时代痛点。其故事题材的时代性，一是体现在它与现今的热点话题相联系。剧中女性生活的重点不再是讨论怎样处理婆媳关系，怎样对付小三，怎样嫁人，尽管这些也都略有提及，但更多表现为都市青年，尤其是单身女性如何选择一个适合自己的方式在这个世界安身立命。一个又一个关于价值观的讨论，对应了当下单身女性的困惑。二是体现在人物关系的设置与人物的情感、智慧与矛盾冲突上，五个性格迥异、年龄层次不一、阶层相差巨大的女性，让观众可以看出时代的影子，看出时代格局中的世态人心，有评论说该电视剧表现出了"新时代女性的千姿百态"。这个例子也给了我们一个启示，"文章合为时而著"，考生编创的每一个故事都要力求契合时代，这就需与社会热点、现实生活有机结合，能让人感受到所处时代生活的气息。只有这样，故事才有可读性，耐人寻味。

第三章

CHAPTER THREE

故事的编创元素

通过前两章的基础准备，我们不仅了解了故事编创的考试目的与要求，而且知道要有意识地去主动积累可适用于考试的故事素材。接下来的这一章是全书的重点部分，是整个故事编创的基础与核心。故事编创中，涉及主题的确立、人物的塑造、情节的提炼、悬念的设置以及冲突的安排与展开等一系列问题，针对这些问题，我们将围绕主题、人物、结构、悬念、戏剧冲突这五个故事编创元素逐一展开介绍，考生不仅要掌握这五个元素的基本概念及其在故事中的重要性，同时还要掌握如何在故事中适当地运用这五个元素。

第一节 主 题

主题是故事的灵魂，是故事的写作目的或者中心思想的集中体现。主题规定了故事的导向，确立了主题就是确立了故事的中心内容。主题不是创作者把自己的观点、目的硬生生地贴在故事上，而是融合在故事的人物形象中，融合在主人公形象、巧妙的情节布局以及环境描写和高明的语言描述技巧中，再经由读者整体把握与发掘，形成对主题思想的感悟与理解。在故事编创中，主题是艺术构思与创作的中心环节，在有了创作的题目和创作素材之后，我们首先应明确创作意图，考虑怎样提炼并确立故事的主题。

一、主题的内涵

"主题"一词，发源于德国，最初用于音乐学，指音乐的主旋律。其目的是表现一个完整的音乐思想，是一篇乐曲的核心，后来被广泛地运用在文艺理论方面。

故事是通过塑造特定的人物,并有机组织情节,使其在特定的时空中发展起来的。之后便是故事的精彩部分——高潮,这个高潮或是让读者恍然大悟,或者揭示一定的思想意义,这种让读者恍然大悟的道理或者思想意义就是故事的主题。

主题作为故事的核心,是作者对现实生活进行观察、体验和思考后,经过提炼而得出的思想成果,反映了作者对社会生活的认识、理解和评价。

二、主题的发掘与确立

主题是作者的创作目标,是故事的内核,表现了作者的思想和对生活的认知。这个内核是作者生发整个故事的基础和起点。作者在故事中所构思的种种人物和情节,以及作者创作的方向和目标都要以主题为核心。那么,如何发掘并确立故事的主题呢?

1. 发掘有价值的主题

考生在有限的时间内,要通过回忆、联想等方式,快速发掘有价值的主题。常见的有:

(1)新颖的、有创意的主题;

(2)耐人寻味的主题;

(3)关于人生永恒价值的主题等。

考生如何在短时间内确立鲜明而有个性的主题呢?首先,主题来源于对生活的积累和观察。考生如果想在考场上快速发掘出主题,就必须注重日常生活中的经历积累,要养成平时细心观察周边事物的习惯,勤于思考,并将自己的所思、所想及时记录下来。考场上的灵感是各种思想激烈碰撞产生的火花,如果考生平时不加锻炼、懒于思考,短时间是无论如何都难以碰撞出火花的。其次,大家可以事先找一些故事性强的、有哲理的、有情节的小故事,自己用一两百个字将故事大意整理出来,然后总结出这个故事的主题内容和关键词,并加以记忆,从中积累常见的故事主题思路,以便在考场中加以灵活运用。

2. 有针对性地提炼主题

有时考生脑海中或许会有一个朦胧的想法或大体的方向,但这并不代表就确立了主题。为了能使故事编创有明确的方向,提炼主题尤为重要,这是故事编创的关键。只有将主题进一步明确,使之清晰化,考生才能快速地将其转化为一个完整的故事。

对于故事编创考试而言,往往以一个主题为宜。日本剧作家桥本忍在《脚本创作论集》一书中有这样一段话:"如称为主题……我总是设法用一句话来表达。"也就是说,如果不能用一句话来表达出自己的意思,那么就说明没有提炼出主题,主题在自己心中依然是模糊和不确定的。在故事编创中,考生写的故事一般是具体的、现实的,所以考生想要表达的主题也应当能用一句话概括,即能够用具体、简短的语言来陈述出故事所要表达的中心思想。

因此,在故事编创时,考生对主题的提炼,可以尝试将其简化为:是"什么人",在"什么时间""什么地方",做了"什么事",最后"结果怎样"。也就是说,可以快速地将主题简化为人物、动作、结果。一般可大体生发出以下三种格式:

(1) 某主要人物——在做(或遇到某事情)——结果;

(2) 某主要人物——在某地点——在做(或遇到某事情)——结果;

(3) 某主要人物——在某时间——某地点——在做(或遇到某事情)——结果。

因此,我们在平时的阅读和写作中,应有意识地学会提炼主题。这就需要考生在平时的生活中多积累、多训练,这样在考试中才能够有针对性地把握主题,并通过不同的人物设置和事件的发生发展等逐一表达出来。

3. 确立有效主题的关键

什么是主题的有效性?就是将所提炼的主题进一步细化,判断它是否是一个"合适"的主题。主题的有效性,关键通过以下三点来体现。

(1) 主题要正确。

主题正确主要是指故事内容所表现的思想认识、人格品性、精神境界、文化内涵、情感走向符合社会发展的趋势。

在故事编创时,部分考生可能受网络自制剧等影响,仇富、吸毒、黑帮等消极负面主题出现频率较高,显然这是不合适的。所以,一个正确的主题,要能够揭示事物的本质,能够表现人间真善美,反映一种健康向上的思想,这是确立主题的关键。

(2) 主题要深刻。

主题要力求深刻,以小见大,这也是决定一部作品格调高低之所在。主题的深浅往往决定着作品价值的高低,也决定了其能否经得住时间的考验,能否给受众留下深刻的印象。例如,古典小说名著《西游记》一直被大家所认同和接受,除了它具有深厚的文学底蕴和丰富生动的人物形象外,深刻的主题思想也是这部作品获得成功的一个重要原因。唐僧师徒历经九九八十一难终于取回真经的故事,实际上隐喻着一种人生的追求,体现着人们奋发有为的精神。

再如,德国作家海因里希·伯尔在《优哉游哉》中讲述了一位游客来到海边,遇到了一个衣着寒酸的捕鱼人,捕鱼人沐浴在阳光下,悠闲地躺在自己的小船中。游客劝渔夫可以每天多捕鱼,这样可以积累财富,也就可以在几年后拥有富足的生活,然后优哉游哉地在码头上闭目养神。渔夫听了后说:"可是,现在我已经这样做了,我本来就优哉游哉地在码头上闭目养神,只是您的'咔嗒'声打扰了我。"于是游客默默地离开了。这一故事通过游客与码头上的渔夫讨论什么是"幸福",说明了不同的人对"幸福"有不同的理解,故事的主题中蕴含了深刻的人生哲理。

主题要想具有深刻性,就需创作者自觉地投身到生活的洪流中去,发现具有时代感、映射主流意识形态和能激荡人们生活热情的题材,并对这些题材进行深层次的挖掘,彰显人性的真善美。

在故事编创中,要想使主题深刻,那么在确立主题的时候首先要考虑将主题与时代热点话题相结合,比如亲情问题、友情问题、爱情与物质的选择等有关人生永恒价值的问题。寓意深刻,思想性强,能深刻反映生活和人性的主题总是最能唤起受众的情感共鸣,也能让考官看到考生认识生活的深度和抽象思维的能力。

(3) 主题开口要小。

有的主题虽然足够深刻和新鲜,却不是考生在考场上短时间内所能把握的。也就是说,以考生的生活阅历,很难编创出具体可感的故事来凸显和深化这类主题。主题选择大而无当,所编写的故事让考官不知所云,甚至离题万里,是考生们经常犯的错误。由此可见,太宏观的主题,往往并不是有效的主题,也不能很好地体现主题的思想性、深刻性。因此,考生应注意主题开口要小,与其选大而空的主题,不如找小而精的,以小见大。适度的小主题,既便于考生把握和掌控,又能体现出考生对生活的细腻感悟。

【案例导读】

如何挣到二十元钱

[美国] 罗杰·迪安·凯瑟

我记不起自己有多少次从佛罗里达州杰克逊维尔市儿童之家孤儿院里跑了出来,但我知道,至少有几百次了。

那是在1957年,当时我十一岁。记得当我独自走在公园大街上时,我感到内心孤独极了。我很饿,天很冷,但我又没地方可去。

"嘿,男孩。"在一家机械修理店门口站着的一个强壮的男人冲我喊着。

"是的,先生。"我答应了一句。

"你想挣两元钱吗?"

"是的,先生!"

"我想让你去街头的饮料店给我买一瓶威士忌,可以吗?"他问我。

"只要你给我两元钱就行。"

他走回了店里，从收银机里拿出二十元钱，递到我手里。我站着盯着这张大票，因为我从没见过这么多钱，我甚至想，也许世界上所有的钱都在这儿了。

　　我转过身，顺着大街走着，去找那家饮料店。半路上，我转过身，看到那个男人已经从店门口消失了。我转过街角后，开始拼命向前跑。在那一刻，我决定自己霸占这二十元钱，不打算再还给他了。

　　不到几分钟，我就跑不动了，我坐在了公共汽车站的长椅上，一边喘着气，一边翻过来倒过去地看着这二十元钱。

　　"这钱够我花好长时间了，没准还能买所房子住。"我想。

　　突然，一阵异样的感觉在心里翻腾起来。直到今天，我也说不清那是种什么感觉。我知道，我的所作所为肯定会伤害了那位先生。我在椅子上坐了一会儿，想让那种不舒服的感觉消失，却始终摆脱不掉它。

　　后来，我从长椅上站起身，朝着一家小饮料店跑了过去。我在店里买了一瓶威士忌，把剩下的钱和这瓶威士忌装进纸袋后，我回到了那家机械修理店。

　　"你怎么去了这么长时间？"我进门后，那位先生问我。

　　他打开纸袋，拿出了那瓶威士忌和钱，然后把两元钱塞到我手里。我低着头对他说了声谢谢，他拍了拍我的肩膀，我转身走出了他的修理店。

　　当我走在公园大街上时，那种异样的感觉又涌了上来，而且纠缠不去。我转过身，走回了那家修理店。我走到那位先生跟前，把那两元钱递了过去。

　　"我刚才想偷走你的二十元钱，不想还你了。"我坦白地说。

　　"但你最终回来了，这是最重要的。"

　　"可我还是有一种犯罪感。"我说。

　　他探过身，从我的手里拿走了那两元钱，放进了他的衣袋里。

　　"那我帮你摆脱掉那种感觉。"

　　在接下来的整整一天里，我都在他的店里干零活。不知道有多少次我划破了手指，在收拾地上的金属片时，鲜血顺着我的双手流了下来。干完一天的活后，我从手指尖到胳膊肘缠满了绷带。在晚上七点钟时，他把我叫到了他的小办公室。

"现在我们算算。你在我这儿干了十个小时,按每小时两元钱算,我应该付给你二十元钱。"

在他数钱时,我伸出了手。"我还是个小偷吗?"我问。

"不!你不是小偷,孩子,绝对不是。"

在离开这家机械修理店后,我走几步就停一停,看那种罪恶感是否还会回来,但它彻底消失了!

在其后的十五年里,我时常来到里维兹先生的小店,和他共进午餐。我庆幸自己在人生路上能遇到里维兹先生,是他教会了我如何通过正当手段挣到二十元钱。

简析

在这篇短小的故事中,作者在故事的主题方面,选择了关于人生永恒价值的主题之一"诚信",这一主题是当代社会的热点话题,对当今构建诚信的社会环境意义重大。整个故事简单易懂,重点是围绕做人的诚信,反映主人公迷途知返,力改前非,因诚信而获得内心的安全感与尊严感,这符合整个社会最基本的道德规范和价值观念。考生在编创故事时,一定要从中学习借鉴,要能够围绕一个正确的主题去深入挖掘,可以尝试探索和创新,努力发掘并确立新颖的、有创意的主题,力图使主题明确、深刻并耐人寻味。

三、主题的表现形式

1. 以人物形象表现主题

主题一旦确定,创作者就有了编创方向,故事中人物的形象设计也有了目标,通过人物的形象又使得故事的主题凸显,使人物形象为揭示主题服务。如电视剧《橘子红了》的主题是以男权为中心的文化观念像一张网笼罩着女性,束缚着女性的觉醒意识,导致了种种命运的悲剧。故事中,三个女性实际上都

在追求自己的幸福,她们虽然个性、处境各不一样,但都在以自己独特的行为方式挣扎在男权社会的混沌中,最终却避免不了命运的悲剧。大太太作为男权社会的"守望者",面对年老色衰又不能给容家生孩子的命运,她想出了用一个和自己年轻时候长得相似的姑娘去拴住老爷的心以留住自己幸福的办法,她的行动一直是在这个目标的推动下进行的;二太太嫣红作为男性社会的"花瓶",她用尽了手段希望获得她想获得的幸福;三太太秀禾作为男权社会的"祭品",她用一种更凄美的方式追求幸福,为了报恩嫁给了可以做她父亲的容家大少爷,可是她内心深处却爱上了小叔,种种复杂的情境使她无法爱,也不能追求自己的幸福,最终走向悲剧。作品中,所有人物的角色及其形象,都指向并强化了谴责、控诉男权文化的主题。

因此,在故事编创中,语言、心理、行动等描写是刻画人物的重要方法,我们应当紧扣自己要表现的主题思想,设计故事人物,使其有力地说明和表现主题。例如,塑造人物在特定的社会环境中,做出了与这个环境不相符合的事情,从而推动着情节的发展并走向高潮,实现对主题的深化等。总之,故事中所有关于人物的语言、行为、心理、外貌等的描写,都是为了表现并凸显主题思想。

2. 以情节建构表现主题

情节的建构过程,要以清晰、生动、饱满地展现主题思想为基本目标。主题是情节建构的动因,也是其主要指向。从本质上说,情节的建构是对客观对象的再认识、再体验,一方面受主题的引导,另一方面使主题逐步明晰、深化。现代都市言情剧《温州两家人》自始至终的"商战"是该剧的外包装,但这并不是一部展示商战大搏斗的电视剧。编导有意识地控制商战情节,避免将观众的注意力完全引向商场的拼杀,因为编导想要通过作品表现商业大潮下人性的种种变异,透视人们寻找精神家园的历程。主题表达的需要,决定了电视内容的选择和情节安排。

故事编创中,情节的建构是表现主题的一个重要手段。那么考生如何根据表现主题的需要,来建构情节呢?这就要在故事中将人物、人物的行动以及事件有机结合,对故事的开端、发展、高潮与结局进行详细的描写。在这一过程中通过悬念的设置、冲突的安排、场面的调度等,来展现人物性格,表现创作者对生活的理解,传达创作者有关社会人生的思想理念。

3. 以环境塑造深化主题

环境是打开作品主题之门的钥匙,是故事的重要内容之一。环境包括社会环境和自然环境,社会环境的塑造对揭示故事的中心有着举足轻重的作用,自然环境描写的作用也不可忽视。故事编创时,要注意通过环境尤其是社会环境的塑造来交代故事的时代背景,揭示人物命运的社会根源,突出故事的主题。想要批判或者赞扬某种精神,揭示某个社会现象的弊端或者讴歌某种文明行为,都可以在故事中通过对环境的塑造来揭示或暗示。例如,鲁迅在《祝福》中,巧妙地把祥林嫂悲剧的一生全部浓缩在鲁镇这一典型环境中。鲁镇是当时中国农村的代表,对鲁镇特别是鲁四老爷家的描写,就为读者展示了半封建半殖民地时期中国特有的社会环境,揭示了祥林嫂悲剧命运的社会根源。

因此,将人物放在一个恰当的环境中,可以深化主题所要表达的内容。比如,考生要写一个有关亲情的主题,那么一个闭合的环境——家,便是最好的环境选择点;如果要写一次诗化的远行,那么广阔的海边便是一个较好的背景切入点。所以在这方面,考生可以在确定主题的时候,先确定故事可能发生的环境,然后有意识地通过环境描写来表现和深化主题。

【案例导读】

药(节选)

鲁　迅

一

秋天的后半夜,月亮下去了,太阳还没有出,只剩下一片乌蓝的天;除了夜游的东西,什么都睡着。华老栓忽然坐起身,擦着火柴,点上遍身油腻的灯盏,茶馆的两间屋子里，便弥满了青白的光。

"小栓的爹，你就去么？"是一个老女人的声音。里边的小屋子里，也发出一阵咳嗽。

"唔。"老栓一面听，一面应，一面扣上衣服；伸手过去说，"你给我罢。"

华大妈在枕头底下掏了半天，掏出一包洋钱，交给老栓，老栓接了，抖抖的装入衣袋，又在外面按了两下；便点上灯笼，吹熄灯盏，走向里屋子去了。那屋子里面，正在窸窸窣窣的响，接着便是一通咳嗽。老栓候他平静下去，才低低的叫道，"小栓……你不要起来。……店么？你娘会安排的。"

老栓听得儿子不再说话，料他安心睡了；便出了门，走到街上。街上黑沉沉的一无所有，只有一条灰白的路，看得分明。灯光照着他的两脚，一前一后的走。有时也遇到几只狗，可是一只也没有叫。天气比屋子里冷多了；老栓倒觉爽快，仿佛一旦变了少年，得了神通，有给人生命的本领似的，跨步格外高远。而且路也愈走愈分明，天也愈走愈亮了。

老栓正在专心走路，忽然吃了一惊，远远里看见一条丁字街，明明白白横着。他便退了几步，寻到一家关着门的铺子，蹩进檐下，靠门立住了。好一会，身上觉得有些发冷。

"哼，老头子。"

"倒高兴……"

老栓又吃一惊，睁眼看时，几个人从他面前过去了。一个还回头看他，样子不甚分明，但很像久饿的人见了食物一般，眼里闪出一种攫取的光。老栓看看灯笼，已经熄了。按一按衣袋，硬硬的还在。仰起头两面一望，只见许多古怪的人，三三两两，鬼似的在那里徘徊；定睛再看，却也看不出什么别的奇怪。

没有多久，又见几个兵，在那边走动；衣服前后的一个大白圆圈，远地里也看得清楚，走过面前的，并且看出号衣上暗红的镶边。——一阵脚步声响，一眨眼，已经拥过了一大簇人。那三三两两的人，也忽然合作一堆，潮一般向前进；将到丁字街口，便突然立住，簇成一个半圆。

老栓也向那边看，却只见一堆人的后背；颈项都伸得很长，仿佛许多鸭，被无形的手捏住了的，向上提着。静了一会，似乎有点声音，便又动摇起来，轰的一声，都向后退；一直散到老栓立着的地方，几乎将他挤倒了。

"喂！一手交钱，一手交货！"一个浑身黑色的人，站在老栓面前，眼光正像两把刀，刺得老栓缩小了一半。那人一只大手，向他摊着；一只手却撮着一个鲜红的馒头，那红的还是一点一点的往下滴。

老栓慌忙摸出洋钱，抖抖的想交给他，却又不敢去接他的东西。那人便焦急起来，嚷道，"怕什么？怎的不拿！"老栓还踌躇着；黑的人便抢过灯笼，一把扯下纸罩，裹了馒头，塞与老栓；一手抓过洋钱，捏一捏，转身去了。嘴里哼着说，"这老东西……"

"这给谁治病的呀？"老栓也似乎听得有人问他，但他并不答应；他的精神，现在只在一个包上，仿佛抱着一个十世单传的婴儿，别的事情，都已置之度外了。他现在要将这包里的新的生命，移植到他家里，收获许多幸福。太阳也出来了；在他面前，显出一条大道，直到他家中，后面也照见丁字街头破匾上"古□亭口"这四个黯淡的金字。

……

四

西关外靠着城根的地面，本是一块官地；中间歪歪斜斜一条细路，是贪走便道的人，用鞋底造成的，但却成了自然的界限。路的左边，都埋着死刑和瘐毙的人，右边是穷人的丛冢。两面都已埋到层层叠叠，宛然阔人家里祝寿时的馒头。

这一年的清明，分外寒冷；杨柳才吐出半粒米大的新芽。天明未久，华大妈已在右边的一座新坟前面，排出四碟菜，一碗饭，哭了一场。化过纸，呆呆的坐在地上；仿佛等候什么似的，但自己也说不出等候什么。微风起来，吹动他短发，确乎比去年白得多了。

小路上又来了一个女人，也是半白头发，褴褛的衣裙；提一个破旧的朱漆圆篮,外挂一串纸锭,三步一歇的走。忽然见华大妈坐在地上看她,便有些踌躇,惨白的脸上,现出些羞愧的颜色;但终于硬着头皮,走到左边的一座坟前,放下了篮子。

那坟与小栓的坟,一字儿排着,中间只隔一条小路。华大妈看他排好四碟菜,一碗饭,立着哭了一通,化过纸锭;心里暗暗地想,"这坟里的也是儿子了。"那老女人徘徊观望了一回,忽然手脚有些发抖,跄跄踉踉退下几步,瞪着眼只是发怔。

华大妈见这样子,生怕她伤心到快要发狂了;便忍不住立起身,跨过小路,低声对他说,"你这位老奶奶不要伤心了,——我们还是回去罢。"

那人点一点头,眼睛仍然向上瞪着;也低声吃吃的说道,"你看,——看这是什么呢?"

华大妈跟了她指头看去,眼光便到了前面的坟,这坟上草根还没有全合,露出一块一块的黄土,煞是难看。再往上仔细看时,却不觉也吃一惊;——分明有一圈红白的花,围着那尖圆的坟顶。

他们的眼睛都已老花多年了,但望这红白的花,却还能明白看见。花也不很多,圆圆的排成一个圈,不很精神,倒也整齐。华大妈忙看他儿子和别人的坟,却只有不怕冷的几点青白小花,零星开着;便觉得心里忽然感到一种不足和空虚,不愿意根究。那老女人又走近几步,细看了一遍,自言自语的说,"这没有根,不像自己开的。——这地方有谁来呢?孩子不会来玩;——亲戚本家早不来了。——这是怎么一回事呢?"她想了又想,忽又流下泪来,大声说道:

"瑜儿,他们都冤枉了你,你还是忘不了,伤心不过,今天特意显点灵,要我知道么?"她四面一看,只见一只乌鸦,站在一株没有叶的树上,便接着说,"我知道了。——瑜儿,可怜他们坑了你,他们将来总有报应,天都知道;你闭了眼睛就是了。——你如果真在这里,听到我的话,——便教这乌鸦飞上你的坟顶,给我看罢。"

微风早经停息了；枯草支支直立，有如铜丝。一丝发抖的声音，在空气中愈颤愈细，细到没有，周围便都是死一般静。两人站在枯草丛里，仰面看那乌鸦；那乌鸦也在笔直的树枝间，缩着头，铁铸一般站着。

许多的工夫过去了；上坟的人渐渐增多，几个老的小的，在土坟间出没。

华大妈不知怎的，似乎卸下了一挑重担，便想到要走；一面劝着说，"我们还是回去罢。"

那老女人叹一口气，无精打采的收起饭菜；又迟疑了一刻，终于慢慢地走了。嘴里自言自语的说，"这是怎么一回事呢？……"

他们走不上二三十步远，忽听得背后"哑——"的一声大叫；两个人都悚然的回过头，只见那乌鸦张开两翅，一挫身，直向着远处的天空，箭也似的飞去了。

一九一九年四月

简析

"秋天的后半夜，月亮下去了，太阳还没有出，只剩下一片乌蓝的天；除了夜游的东西，什么都睡着。"这是文章的第一句话，勾勒出黎明前最黑暗时刻的突出特征：阴暗、凄清，还有几分恐怖。这句对自然环境的描述虽然字数不多，却奠定了文章压抑的感情基调，周围事物皆死气沉沉，也可烘托出华老栓心情沉重。

"西关外靠着城根的地面，本是一块官地；中间歪歪斜斜一条细路，是贪走便道的人，用鞋底造成的，但却成了自然的界限。路的左边，都埋着死刑和瘐毙的人，右边是穷人的丛冢。两面都已经埋到层层叠叠，宛然阔人家里祝寿时的馒头。"这段描写为情节发展做必要的铺垫作用——华大妈与夏四奶奶先后来为各自的儿子上坟。除了这点，我们还应注意到这一部分中蕴蓄的"路"的意象："路"的左边是"犯人"的墓地，右边是群众的墓地。这实际上寓意着夏瑜等资产阶级革命者并没有和普通群众在一起，而是各自为营，这暗示着资产阶级革命脱离人民群众，最终成为"官地"中的一座座坟墓（失败的象征）；而普通群众没有和革命者站在一起,最终只能是在"官地"中继续受其毒害(愚昧落后的象征)。一个"路"的意象将文章的主题意义凸现出来,体现出鲁迅高超的语言能力和深沉含蓄的文学艺术风格。

华小栓和夏瑜两者的坟墓,中间仅仅只隔了这么一条小路。这条小路将华、夏两家分隔而开,成为一道屏障,但这道屏障不是不可逾越的鸿沟。作为群众、作为革命先行者的亲人,在同时经受着失子的痛苦时,从素不相识到跨过小路,走到了一起。"世上本无所谓路,走的人多了,也便成了路。""路"作为华家和夏家两条线索的最终交融场所,将华家的"可怜性悲剧"和夏家的"可叹性悲剧"交织在一起,构成了"华夏"(中国社会)的悲剧,使小说揭示的悲剧主旨在这里得到了全面升华。

《药》中多次运用自然环境描写和社会环境描写来深化主题,以上仅为试举的一两例。其实,在鲁迅的很多作品中,都能见到环境塑造对突出主题的功用。我们可以从中借鉴一些,使自己编创的故事内容更加富有深意。

- 深入理解考题,规划设计主题。考生在考场中看到题目时应该首先预设主题。主题是故事的核心,是故事的灵魂,是整个故事的导向,因此需要精心设计,并使之巧妙融入到故事作品的人物形象、情节布局和语言技巧等之中。
- 主题方向要符合主旋律。进行故事编创考试时,故事的主题应是积极向上的。高中生的思想充满了阳光、朝气、活力,因而其编创的故事也应该同样具有积极、主动、活力的阳光色彩。考场上编创的故事,不应出现封建迷信、消极反动、鬼故事等这样的题材。编创的故事应符合社会主流文化,符合正确的价值观。

- 主题要深入浅出,耐人寻味。故事的主题要做到在契合大众审美观的前提下展现新意,尝试从不同的感受、体验、经历中寻找新颖、深刻的主题,力求给考官留下广阔的想象空间。

不平的镜子

[俄国]契诃夫

我和我的妻子走进客厅里。那儿弥漫着霉气和潮气。房间已经有整整一个世纪不见亮光,等到我们点上烛火,照亮四壁,就有大大小小的大老鼠和小耗子往四下里逃窜。我们关上身后的房门,可是房间里仍然有风,吹拂墙角上堆着的一叠叠纸张。亮光落在那些纸上,我们就看见了古老的信纸和中世纪的画片。墙壁由于年陈日久而变成绿色,上面挂着我家祖先的肖像。

我们的脚步声响遍整个房子。我咳嗽一声,就有回声来接应我,这类回声从前也接应过我家祖先发出的响声呢……

房外风声呼啸和哀叫。壁炉的烟囱里似乎有人在哭,哭声响着绝望的音调。大颗的雨点敲打乌黑昏暗的窗子,敲打声惹得人满心愁闷。

"啊,祖宗呀,祖宗!"我说,意味深长地叹气,"假使我是作家,那么我瞧着这些肖像,就会写出篇幅很大的长篇小说来。要知道,这些老人当初每一个都年轻过,每一个男的或者女的都有过爱情故事……而且是什么样的爱情故事呀!比方说,看一看这个老太婆吧,她是我的曾祖母。这个毫不俊俏、其貌不扬的女人,却有过极其有趣的故事。你看见吗?"我问妻子说,"你看见挂在那边墙角上的镜子吗?"

我就对妻子指着一面大镜子,它配着乌黑的铜框,挂在墙角上我曾祖母肖像旁边。

"这面镜子有点邪气:它生生把我的曾祖母毁了。她花很大的一笔钱买下它,一直到死都没有离开过它。她黑夜白日地照这面镜子,一刻也不停,甚至吃饭喝水也要照。每次上床睡觉,她都带着它,放在床上。她临终要求把镜子跟她一块儿放进棺材里。她的心愿没有实现,因为棺材里装不下那么大的镜子。"

"她是个风骚的女人吧?"我的妻子问。

"就算是吧。然而,难道她就没有别的镜子?为什么她单单非常喜欢这面镜子,却不喜欢别的镜子呢?莫非她就没有更好点的镜子?不,不,亲爱的,这当中包藏着一宗吓人的秘密呢。据人们传说,这面镜子里有个魔鬼作祟,偏巧曾祖母又喜爱魔鬼。当然,这些话都是胡扯,可是,毫无疑问,这面配着铜框的镜子具有神秘的力量。"

我拂掉镜面上的灰尘,照一照,扬声大笑。原来这面镜子不平整,把我的脸相往四下里扯歪,鼻子跑到左边面颊上,下巴变成两个,而且溜到旁边去了。

"我曾祖母的爱好可真是奇怪!"我说。

我的妻子迟疑不决地走到镜子跟前,也照一下,顿时发生了一件可怕的事。她脸色煞白,四肢发抖,大叫一声。烛台从她手里掉下来,在地板上滚一阵,蜡烛灭了。黑暗包围了我们。我立刻听见一件沉重的东西掉在地板上:原来妻子倒在地下,人事不知了。

风哀叫得越发凄厉,大老鼠开始奔跑,小耗子在纸堆里弄得纸张沙沙响。等到一扇百叶窗从窗口脱落,掉下去,我的头发就根根直竖起来,不住颤动。月亮在窗外出现了……

我抱起我的妻子,迅速离开了祖宗的住所。她一直到第二天傍晚才醒过来。

"镜子!把镜子拿给我!"她醒过来以后说,"镜子在哪儿?"

这以后她有整整一个星期不喝水,不吃东西,不睡觉,老是要求把那面镜子拿给她。她痛哭,扯着脑袋上的头发,在床上翻来覆去。医生说她可能会死于精力衰竭,她的情况极其危险,我这才勉强克制恐惧,来到祖宗的住所,从那儿取来曾祖母的镜子拿给她。她一看见它,就快乐得哈哈大笑,然后抓住它,吻它,目不转睛地瞅着它。

如今已经过去十多年,她却还是在照那面镜子,一会儿也不肯离开它。

"难道这就是我吗?"她小声说,脸上除了泛起红晕以外,还现出幸福和痴迷的神情。"对,这就是我!大家都说谎,只有这面镜子例外!人们都说谎,我的丈夫也说谎!啊,要是我早点看见我自己,要是我早知道我实际上是什么模样,那我就不会嫁给这个人!他配不上我!我的脚旁边应当匍匐着最漂亮和最高贵的骑士才对!……"

有一次我站在妻子身后,无意中看一下镜子,这才揭开可怕的秘密。我看见镜子里有一个女人,相貌艳丽夺目,我生平从没见过这样的美人。这是大自然的奇迹,融合了美丽、优雅和端庄。然而这究竟是怎么回事呢?为什么我那难看、笨拙的妻子在镜子里却显得这么漂亮?这是什么缘故?

这是因为不平的镜子把我妻子难看的脸往四下里扯歪,脸容经过这样的变动,说来也凑巧,倒变得漂亮了。负乘负等于正嘛。

现在我俩,我和妻子,坐在镜子跟前,眼巴巴地瞧着它,一刻也不放松:我的鼻子跑到左边面颊上,下巴变成了两个,而且溜到旁边去了,然而我妻子的脸却妩媚迷人,我心里猛然生出疯狂而着魔的热情。

"哈哈哈!"我狂笑着。

我的妻子却在小声说话,声音低得几乎听不见:

"我多么美啊!"

简析

作品中,不仅用人物行动来表现主题,也通过情节建构来深化主题。通过妻子照镜子的种种言行举止,反映出有些人在生活中无法正视自己,缺乏自知之明,容易被生活中的假象所蒙骗和迷惑的主题思想。通过丈夫的行动,提醒人们要时刻保持一种认识自我的清醒意识。作品始终通过"照镜子"这一情节的建构来表现主题,揭露和批判歪曲事实、混淆是非、颠倒黑白、迷惑人心的不正常社会现象,进而讽刺和批判那种不能正视自我、容易为假象蒙骗的人,是他们自我的迷失导致无法对自身问题进行清楚地把握。作品反映出由于社会种种原因，人们对客观事物的反映往往出现失真的现象，以此来警醒人们需要对社会保持一种清醒的认识，提醒人们不要被事物的假象所迷惑，而要积极探求假象出现的原因。

第二节　人　物

"一部戏剧能否成功，要看它的冲突；而能否流传，则要看他的人物。"人物是突出故事主题的重要承载者，有了主题，就有了故事的内核，而凸显故事的主题，还需要塑造鲜明的人物形象，需要创作者精心安排角色。在故事编创中，我们要准确地把握人物的性格特征，挖掘人物角色的情感，将人物放在社会的大环境中，去表现人与人或人与事之间的各种关系，为故事增添和丰富完整的人物形象。

一、人物的内涵

人物，即文学和艺术作品中所描写的人。故事通过对人物的描写和人物的活动等来揭示主题、表达感情等，也通过鲜明独特的人物形象打动读者、感染读者。故事强调围绕人物，通过有冲突的情节和具体的生活环境，来反映社会生活。故事编创中离不开人物的设置和生动描写，人物的描写应力求具体生动。可以运用多种艺术手法，对人物肖像、语言、行动、心理等细节进行描写，从而塑造出立体化的人物形象，以更深刻地表达故事的中心。

二、人物的分类

1. 主要人物和次要人物

主要人物,即作者在作品中所着力刻画的一个或几个占据主导地位的人物。主要人物是各种矛盾冲突的焦点,对推动剧情的发展起着重要作用。次要人物在推动剧情发展和表达主题方面的作用仅次于主要人物,正是这些次要人物的出现为主要人物的活动提供了行动依据,承担起渲染气氛、奠定感情色彩基调的作用。次要人物也是故事中不可或缺的重要组成部分。

故事编创中,考生在确立了故事的主题之后,首先就是要确定故事中的主要角色,即设置主要人物,并力图在冲突和悬念中突出主要人物。需要注意的是,主要人物承载着故事主题的表达,在故事情节的发展中有主导作用,但是对于次要人物的塑造,创作者也不可忽视,因为次要人物"支持故事的结构及其主要人物。从某种意义上说,他们是背景和场景的一部分",而且次要人物在衬托主要人物性格、揭示作品的主题思想上发挥着积极的作用。

2. 圆形人物和扁平人物

英国评论家福斯特在其《小说面面观》一书中提出了"圆形人物"和"扁平人物"这两个美学概念,为我们分析和塑造人物提供了一种绝佳的视角。

圆形人物的性格(心态)有多个侧面,其性格有形成与发展的过程。圆形人物的塑造,通常按照生活中人物的本来面目去刻画,能够更真实、更深入地揭示人性的复杂性和丰富性,具有更高的审美价值。

扁平人物,其性格单一且无明显的发展变化,呈现的是一个简单的意念或特性,也叫类型化人物或漫画式人物。扁平人物多用集中、夸张、巧合等艺术手段来塑造,其塑造的效果有两点:一是容易辨认,二是容易记忆。

圆形人物的性格是丰富、复杂、立体的,这种塑造人物的方法给读者一种立体可感的印象,往往能够带来心灵的震动。扁平人物则可以通过对性格元素的夸张,形成某种性格单一的人物类型。在故事编创中,我们可以借鉴圆形人物与扁平人物的塑造方法,根据故事创编的实际需要,塑造不同特点的人物形象。

【案例导读】

好朋友卢克

[法国]威尔伦

我的最后一个叔叔在法兰克福去世了。当我得知我是他的唯一遗产——一幢两层楼住房——的继承人时,我内心的激动可耻地超过了悲痛。我终于有机会向其他几位在天之灵证明,他们认为我是个败家子而不愿意把遗产留给我是一个多么大的错误。

在从里尔开往法兰克福的火车上,我按捺不住兴奋地同邻座谈起了这件事。邻座是一个名叫卢克、看上去随和而可信赖的中年绅士,戴着一副金丝眼镜。他不可思议地摇着头,向我要了一张餐巾纸擦眼镜。我庆幸自己遇到了一位知音,忍不住又把酝酿了很久却从没告诉别人的计划透露给他:我准备把房子出租,只给自己留一间最简陋的房间。我私下打听过了,现在去法兰克福租房子的人很多,租金收入一定很可观。至于几年后积累下来的一大笔资金的用途,我还没来得及作进一步的打算。他很赞同我的意见,并且在沉吟了一下之后说,他原本计划一到法兰克福就转车去巴黎,但既然交上了我这样一个值得尊敬的朋友,他就没有理由不在法兰克福停留一下,为我的宏伟目标尽一点绵薄之力。这太合我的心意了,午餐的时间到了,我极力邀请我的好朋友卢克到餐车就餐。他彬彬有礼地推辞了一番,然后怀着友好谦逊的态度接受了。

一到法兰克福,我们就急忙去见识那份可贵的遗产。我刚想对那座古老典雅的摇钱树发出赞叹,就听见卢克惊异地叹息了一声。我赶忙问他为什么叹息,他犹豫了一下,然后说:"您的这份家业真是古朴迷人……然而作为出租的住宅,它似乎有点儿……陈旧。请原谅。"他的惊异传染到我这儿很快就恶化成了失望。但我随之又振奋起来,毕竟住宿条件本身才是最重要的。我和卢克一起走进大厅。我刚想说:"好宽敞的大厅啊!"只见卢克疾步走到脱了漆的木制楼梯前,用力摇了几下,我立刻觉得如果他再摇下去,这旧楼梯准得散架。他说:"没关系,装修楼梯用不了400法郎。"我合计了一下,要是只装修这楼梯,我还是付得出这笔钱的。我手头有450法郎,这一点,我可不会告诉任何人。

我跟在卢克后面,小心翼翼地上了楼。房间的墙壁是白桦木拼接的,美得就像一幅画。可是卢克说:"天哪,您又得破费买防火涂料了,否则消防局……"我急忙打断他:"墙上有灭火器!"他沉着地说:"那早已过期了,我看过。"我泄气了:"这一项我要付出多少?"卢克同情地望着我:"50法郎。"我攥紧了口袋里的450法郎。

我们来到盥洗室。里边竟然有水管和水龙头!这在老式住房中可不多见,可是卢克又说话了:"唉,要是没有卫生局……"他看我迷惑不解的样子,于心不忍但又无可奈何地说:"水龙头和水管都生锈了。"我呻吟道:"天哪,我只有450法郎!"

……

夜幕降临的时候,我决定把这份可怕的遗产转让给卢克。因为即使按照卢克已经力求节省的计算,我也需要为这座房子付出2 450法郎。这对我来说简直是一个天文数字。我这个梦幻中的债权人顷刻间成了事实的债务人!卢克说他只有2 000法郎,所以当他对承担这笔沉重的负担犹豫不决时,我急得快要哭了。我把我的450法郎塞进卢克手中。这个可敬的恩人看在朋友的分上终于答应帮我的忙,并且在向我要了一张餐巾纸擦他的金丝眼镜后许诺,他可以出低价让我租一套这座房子中最简陋的住宅以容身。

卢克成了我的房东和最好的朋友。

简析

什么样的朋友是好朋友？这篇故事给我们塑造了一个独具一格的"好朋友"卢克形象。故事中，主要人物——卢克，首次出现时，完全是一个"看上去随和而可信赖的中年绅士"形象。在到法兰克福看房子的过程中，作品通过对人物语言和动作的描写，重点描写了好朋友卢克在追求自己的利益时所表现出来的儒雅和淡定。但出人意料的是结局的反转，在卢克的帮助下，原本准备继承遗产的"我"，竟然迫切地将房子卖给了卢克，而且和卢克成了"最好的朋友"。通过这样的描写，作为故事主要人物的卢克，被塑造成一个具有双重性格的人，他有着内心的狡诈与圆滑，但是在与朋友相处的过程中，始终表现出来的是一个谦谦君子的形象。而作为故事中的次要人物，"我"的憨直与卢克的精明形成了鲜明的对比，推动着情节的发展，使"好朋友"的故事有了独特的讽刺意味。而且"我"的性格层面是简单的，是一个单一的人物形象，也就是一个扁平化的人物，起到了衬托的作用。

所以考生在塑造故事中的人物形象时，应当根据所构思的情节，先设置主要人物与次要人物，然后通过人物的外貌、语言、动作以及心理描写等，表现人物之间的关系，展现不同人物在处理特定事件时的不同表现，从而通过他们的表现来体现人物性格差异，进一步表现和深化主题。

三、人物形象的塑造

人物形象包括一切可以通过直接观察就能知道人物本性的东西的总和，如年龄和智商，性别和性向，语言和手势风格，房子、汽车和服饰选择，教育和职业，性格和气质，价值和态度等。这些特征的结合，使得每一个人都是独特的，与他人区分开来。

人物的个性特征是通过人物的神态举止来表现的。神态举止包括人物外貌、语言、动作以及心理等，对人物神态举止的表现，可以外化人物的个性特征。故事中成功的人物形象，总是具有鲜明的特征。如《窦娥冤》中的窦娥、《孔雀东南飞》中的刘兰芝、《水浒传》中的"黑旋风"李逵等，他们都具有独特的、鲜明的个性，或坚贞，或执着，或忠义，或粗鲁。

塑造人物形象的目的在于揭示社会矛盾，反映现实生活。在故事编创中，我们可以通过什么样的方法来塑造人物形象和表现人物的个性，从而能够准确地揭示主题呢？下面主要阐述四种方法。

（一）从生活中提取人物形象

1. 生活人物形象的原型再现

鲁迅先生曾说："作家的取人为模特儿，有两法。一是专用一个人，言谈举动，不必说了，连细微的癖性，衣服的样式也不加以改变。"

对考生来说，故事中塑造的人物，可以参考生活中的原型，通过观察和积累身边某一个人的日常生活，来丰富自己的故事内容。譬如，考场上，故事编创要求以成年人的生活为背景时，考生不应只是盲目地想象成年人的生活，而是可以联系自己身边的成年人，联系他们生活中经历过的事情，再现他们基本生活中的一角。生活是最好的教材，需要每一个考生在日常学习、生活中用心体会。

2. 多方元素结合为一

鲁迅先生所说的另一方法则为："二是杂取种种人，合成一个，从和作者相关的人们里去找，是不能发现切合的了。但因为'杂取种种人'，一部分相像的人也就更其多数。"他还说，"人物的模特儿也一样，没有专用一个人，往往嘴在浙江，脸在北京，衣服在山西，是一个拼凑起来的角色"。

使用多种元素的结合方式，可以让作品中的人变得鲜活生动，建构立体化的形象。如托尔斯泰《安娜·卡列尼娜》中的安娜·卡列尼娜，就是一个"杂取种种的人"。普希金的女儿玛利亚·加尔东是安娜·卡列尼娜形象的来源（一说是普希金的妻子普希金娜);朋友的姐姐季西科娃的命运被移入故事情节;波良纳村的比比可娃是安娜·卡列尼娜卧轨自杀的原型。正是众多生活中的角色成就了托尔斯泰笔下的安娜·卡列尼娜。

在实际的考试中,考生对人物形象的塑造不能完全凭空想象,而应该通过日常生活的多方积累来选取。也就是将生活中自己所见所闻的多种人物特点结合起来,从而在考场中塑造出自己的故事人物,如可以截取甲人物身上的语言特征,乙人物的动作等,并有机结合起来,描绘新的人物形象。

(二)刻画细节,突出性格特征

对故事细节的刻画,有利于突出人物的性格特征。我们可以从语言细节、外貌细节和动作细节三个方面入手,来强化人物的性格走向。如《红楼梦》中对于王熙凤这一人物形象的描绘,便采用了这样的方法。

【案例导读】

红楼梦(节选)
曹雪芹

一语未完,只听后院中有笑语声,说:"我来迟了,不曾迎接远客!"林黛玉思忖道:"这些人个个皆敛声屏气,恭肃严整如此,这来者系谁,这样放诞无礼?"心下想着,只见一群媳妇丫鬟拥着一个丽人,从后房进来。

这个人打扮与姑娘们不同,彩绣辉煌,恍若神仙妃子,头上戴着金丝八宝攒珠髻,绾着朝阳五凤挂珠钗;项上带着赤金盘螭璎珞圈;身上穿着缕金百蝶穿花大红洋缎窄裉袄,外罩五彩刻丝石青银鼠褂;下着翡翠撒花洋绉裙。一双丹凤三角眼,两弯柳叶吊梢眉,身量苗条,体格风骚。粉面含春威不露,丹唇未启笑先闻。

黛玉连忙起身接见。贾母笑道:"你不认得他。他是我们这里有名的一个泼皮破落户儿,南省俗谓作'辣子',你只是叫他'凤辣子'就是了。"黛玉正不知以何称呼,只见众姊妹都忙告诉他道:"这是琏嫂子。"黛玉虽不识,也曾听见母亲说过,大舅贾赦之子贾琏,娶的就是二舅母王氏之内侄女,自幼假充男儿教养的,学名王熙凤。黛玉忙赔笑见礼,以"嫂"呼之。这熙凤携着黛玉的手,上下细细打量了一回,仍送至贾母身边坐下,因笑道:"天下真有这样标致的人物,我今儿才算见了!况且这通身的气派,竟不像老祖宗的外孙女,竟是个嫡亲的孙女,怨不得老祖宗天天口头心头一时不忘。只可怜我这妹妹这样命苦,怎么姑妈偏就去世了!"说着,便用帕拭泪。贾母笑道:"我才好了,你倒来招我。你妹妹远路才来,身子又弱,也才劝住了,快再休提前话。"这熙凤听了,忙转悲为喜道:"正是呢!我一见了妹妹,一心都在他身上了,又是喜欢,又是伤心,竟忘了老祖宗。该打,该打!"又忙携黛玉之手,问:"妹妹几岁了?可也上过学?现在吃什么药?在这里不要想家,想要什么吃的、什么玩的,只管告诉我;丫头老婆们不好了也只管告诉我。"一面又问婆子们:"林姑娘的行李可搬进来了?带了几个人来?你们赶早打扫两间房,让他们去歇歇。"……

　　说话时,已摆了茶果上来。熙凤亲为捧茶捧果。又见二舅母问他:"月钱放过了不曾?"熙凤道:"月钱已放完了。才刚带着人到后楼上找缎子,找了这半日,也并没有见昨日太太说的那样的,想是太太记错了?"王夫人道:"有没有,什么要紧。"因又说道:"该随手拿出两个来给你这妹妹去裁衣裳的,等晚上想着叫人再去拿罢,可别忘了。"熙凤道:"这倒是我先料着了,知道妹妹不过这两日到的,我已预备下了,等太太回去过了目好送来。"王夫人一笑,点头不语。

简析

　　王熙凤是《红楼梦》中塑造得极为成功的一个艺术典型,形象鲜明,个性突出。

　　作者在她第一次出场时,就做了成功的描绘。首先,王熙凤给大家来了一个未见其人先闻其声:"只见后院中有人笑着,说:'我来迟了,不曾迎接远客!'黛玉纳罕道:'这些人个个皆敛声屏气,恭肃严整如此,这来者系谁,这样放诞无礼?'"作者用寥寥几笔写出了王熙凤在贾府中的特殊地位,作为一个管家奶奶,她必然拥有与旁人不同的权力。因此,她可以放声大笑,而其他人却不行。这也可以看出王熙凤的泼辣性格,和她所受的与众不同的自幼假充男儿的教养。如果不是这样的话,作为一个大家闺秀,她又怎能笑得如此放诞呢?后来,贾母对其泼辣的性格做了再次的描绘,称她为泼皮破落户的"凤辣子"。至此,王熙凤的泼辣性格已淋漓尽致地展现在我们面前。

其次,她的外貌"一双丹凤三角眼,两弯柳叶吊梢眉,身量苗条,体格风骚,粉面含春威不露,丹唇未启笑先闻"。大家就可以感受到这个人的威风、高傲,还笑里藏刀。这为她以后的霸道"统治"埋下了伏笔,更让我们感受到奴婢们对其畏惧的原因。

再次,王熙凤的穿着打扮:披金戴银、穿绸挂缎。如此张扬的打扮,更是王熙凤本身性格的表现,也充分体现出她在贾府的地位。

最后,她的动作:作为贾府的一个管家,王熙凤八面玲珑,千方百计博取贾母的欢心,同时以侄女的身份紧紧依附于荣府内的当权者王夫人。她一来就携着黛玉的手满口称赞,是她看到贾母钟爱黛玉,就做出比贾母更为关心的殷勤姿态来取悦贾母。还有,为什么她只与二舅母王夫人谈话,而不与她婆婆谈话呢?因为她知道贾母不喜欢邢夫人,所以她对这样的婆婆采取"敬而远之"的政策。她把自己装成贾母行动的影子、解闷的笑料,以此来博取贾母的宠爱,护卫自己的权势。

在考场故事中,考生可从人物的语言、外貌、动作等这些细节方面来加以描写,塑造鲜活、生动的人物形象。但是在考场上1200字左右的创编故事中,考生不可能把这些细节部分都做详细的描写,只需要选择其中的一两个点做一定展开即可。这里考生需要注意的是,对于人物的外貌或者衣着方面的描写,是比较容易表现人物形象的。

（三）以对比、衬托手法塑造不同人物的个性

1. 对比手法

以对比手法表现人物，主要是指将不同的人物放在同一时空中进行横向对比。如电视连续剧《还珠格格》中，直率、冲动的小燕子和婉约、含蓄的紫薇两个人的形象，就是鲜明的对比。

在实际的故事编创中，考生可以运用对比的方式来塑造人物，可以让故事中的同一人物在不同场合下出现鲜明对比，也可以通过几个人物的形象塑造表现性格差异，从而推动情节的发展。

2. 衬托手法

衬托手法，指用事物间相似或对立的条件，以一些事物为陪衬来突出主体事物的手法，从而使得所要表现的主题或人物更加鲜明、生动。衬托通常分为正衬和反衬两种。正衬是指用与本体事物相一致的因素从正面进行陪衬，如用坏的事物陪衬更坏的事物，用美的事物去陪衬更美的事物。反衬是指用与本体事物相反或者相对立的因素陪衬正面主题或正面人物，如用好的事物陪衬坏的事物，用弱的事物陪衬强的事物。

在实际的考试中，衬托手法可以用以表现主要人物。因为主要人物是故事的主体对象，所以可通过多种元素衬托、表现。这里的多种元素，包括环境的衬托、事件的衬托以及其他人物的衬托等。

（四）在典型环境下表现核心人物选择的困境

恩格斯认为，"现实主义的意思是，除了细节的真实外，还要真实地再现典型环境中的典型人物"；狄德罗也认为，"人物的性格要根据他们的处境来决定"。他们都强调要把人物放在一定的环境中刻画，环境在一定的程度上就是用来造就人物的。因此，在故事编创中，我们可以为核心人物设置特定的环境，通过塑造这样的典型环境，将故事中的核心人物引入特定的时刻，表现人

第三章 故事的编创元素

物在特定情境中如何做出选择:在人物外在的形象下,在他人性的最深处,将会发生什么?他是富有爱心还是残酷无情的?是慷慨大方还是自私自利?是心怀仁慈还是残酷无情?是英雄无畏还是胆小怕事等。在这里,能够真实了解人物的唯一办法,往往就是给他一个困难的情境,让他做出选择。人往往只有在选择中才能做到最大的真实,因此在故事编创中,通过为人物创设特定的环境,表现人物性格的本质特征,就能够在短小的篇幅中塑造出个性较为鲜明的人物形象。

【案例导读】

清洁工和医生的选择

[美国] 罗伯特·麦基

两辆汽车在公路上飞驰。其中一辆锈蚀的客货两用车,后面放着水桶、墩布和扫帚。开车的人是一个非法移民——一个不苟言笑、性情羞涩的劳动妇女,靠打黑工做保洁来维持全家人的生活。与她并驾的是一辆光可鉴人的全新保时捷跑车,驾驶者是一位衣冠楚楚、有钱有势的神经外科大夫。两人具有完全不同的背景、信仰、人格和语言——从任何可以想象的方面而言,他们的人物塑造特征正好相反。

突然,在他们前面,一辆满载学童的校车失控,撞到了高架桥的一根水泥柱上,大火燃起,将孩子们困在了车内。现在,在这一可怕的压力之下,这两人的本来面目究竟如何?

谁选择停车救援?谁选择继续前行?他们都有继续前行的理由。那个清洁工妇女担心,如果她卷入这场事故,警察也许会盘查,发现她是一个非法移民,将她逐出边境,这样她的家人就会挨饿。外科大夫担心,如果他受到伤害,双手被烧坏——那可是一双施展神奇微创手术的手,那么成千上万未来病人的生命就会因此丧失。不过,让我们假设他们两人都猛踩刹车,停了下来。

这一选择给我们提供了一条人物线索。但是,谁停下来是为了帮忙?谁停下来是因为被当时的情景吓得没法再往前开？我们假设他俩都是为了帮忙。这就告诉了我们更多的东西。但是，谁选择去打电话叫救护车然后等着救护车来到？谁选择冲进燃烧的汽车里？我们假设他俩都一齐向汽车冲去——这一选择更深层地揭示了人物的性格。

现在，大夫和清洁工都击碎窗玻璃，爬进炽烈燃烧的车内，抱起号哭的孩子，将他们推向安全的地方。但是选择还没有结束。熊熊的大火很快就把汽车变成了一座炼狱，他们脸上的皮肤被灼烧着，每一口呼吸都痛得撕心裂肺。

在这一恐怖的深渊中，他们两人都意识到，只剩下一秒钟的时间可以救出最后一个孩子了。大夫的反应会是如何？在这千钧一发的本能反射中，他是伸手去够远处的白人孩子还是顺手拉出身边的黑人小孩？清洁工的本能又会让她如何反应？是去救那边的那个小男孩，还是畏缩在她的脚边的小女孩？

简析

通过这个案例所呈现的人物困境，我们可以发现，在饱含压力的选择下，人的本性将会表现出最真实的一面。无论这样一个场景最终被描绘成什么状态，压力之下的选择，都将让我们窥探到人物的本性特点，并在人物智慧之光的闪现之际把握住他们的性格真相。

所以在故事编创中，为了使故事情节始终围绕人物展开，其中一个重要的写作技巧就是，将故事的主要人物放置在一个选择的困境中，其选择的结果不仅可能导向故事的高潮，往往也影响故事最终的结局。

四、人物关系的表现

人生活在社会中，人与人之间必然存在着各种关系，或是环环相扣的，或者是存在矛盾冲突，在故事内容中，典型人物性格的形成和发展多是通过人物间复杂的关系，以及人物间的矛盾冲突所产生的一系列生活事件中显示出来，设计并表现好人物关系是创编故事的重要组成部分,因此应精心编织人物关系网,通过表现人物之间的关系来推进故事的发展,反映多姿多彩的社会生活。

【案例导读】

枪　口

徐光兴

官复原职的 N 省建材局杨局长和李秘书,走在蒿草丛生、芦荻疏落的湖边。"烟中列岫青无数,雁背夕阳红欲暮。"西风、秋水、雁阵,衔着落日的远山,交融在一起,更增添打猎者的无限兴致。

"嘎——"传来一声禽鸟被惊动的鸣叫。杨局长从李秘书手里接过一支崭新的猎枪,爱抚地摸了一下。它是双筒枪管,枪身瓦蓝锃亮,枪口黑黝黝的,有一股逼人的寒气。三十多年前他打游击时,也没用过这么好的枪。

"吱嘎——嘎嘎。"从附近湖面的荷梗残苇中,窜出几只白颈黄蹼、羽毛灰麻麻的水鸭子,在空中扑腾乱飞,惊悸声声。赶着猎狗的捕猎社员,也悄悄地摸到这儿。好几支猎枪的枪口,同时瞄准了这些空中猎物。

"砰——"老杨开枪了。一缕白烟消散,一只水鸭子像断线的风筝,从半空中坠下。

"打中喽,打中喽！杨局长,您真不愧是当年游击队里的神枪手。"李秘书像个孩子似的跳着嚷着,奔过去捡猎获物。

老杨只是"嘿嘿"笑了几声,拍着枪,连声说:"好枪,好枪！"

他俩朝熄了引擎的黑色小轿车走去。老杨说:"老王这家伙,介绍的地点还蛮不错呢。"

李秘书试探地凑上前去说:"他是您的老部下嘛。这次他请您批五十吨建材物资给他……"

"你不要为他做说客。不批,半个字也不批;针尖大的洞,也会刮进斗大的风。咱党员干部,那歪门邪道不要搞。"他停了一下,朝烟波迷茫,水天一色的湖面瞧去,"好景致,可惜婷儿没有同来。"

"她今天有更高兴的事儿。"李秘书故作神秘地笑笑说,"王主任托了文化局的老马,同意把您女儿调到省实验话剧团工作。"

"嗯?"老杨的眉毛拧了个结。李秘书只当没察觉,坐进轿车,手扶在车门上,仿佛自言自语地说:"就拿这辆车来说吧,也是王主任出力调拨给您的。那回大姐犯病进医院,还多亏这辆车接送。"

"该死,早把我当猎物瞄上了。"他下意识地攥紧枪把想。李秘书一眼溜到枪上,像又想起了什么,说:"王主任知道您喜欢打猎,这支猎枪就是他特意托人专程送到您家的……"

车发动了。老杨陡然一惊,不觉倒抽一口冷气:黑黝黝双筒枪口冒着寒气,就像两只黑洞洞的眼睛,死死地瞄准了他……

简析

故事中,建材局的杨局长爱打猎,自然爱猎枪。在到湖边芦苇荡打野鸭的过程中,正当他不绝口地夸赞手中的"好枪"时,陪同的李秘书不失时机地向局长提出:"王主任请您批五十吨建材物资给他……"并特意点明:"这支猎枪,就是他特意托人专程送到您家的……"而且局长坐的轿车,局长女儿的工作调动,都是王主任有意"帮忙"的。杨局长至此如梦方醒:"该死,早把我当猎物给瞄上了。"

这篇作品人物不多,但却通过杨局长、李秘书的打猎,写出了杨局长、李秘书以及王主任之间错综复杂又意味深长的人物关系。他们的关系是环环相扣的,杨局长官复原职后,李秘书曲意奉承,王主任巧设罗网;他们的关系是矛盾冲突的,杨局长发现不正之风就在自己身边,自己竟成了王主任的"猎物",从而引起了深深的警惕和反省。作品中,围绕杨局长设置人物关系,不仅浓缩地表现了丰富的社会生活内涵,而且有力地推动了情节的发展。

因此,在故事编创中,我们要学会围绕故事中的主要人物,在分清主要人物和次要人物的基础上,抓住人物之间在思想性格和情感欲望及冲突上的主要矛盾,来设置人物关系,并在人物的行为活动中表现这种人物关系的发展与变化,从而推动故事情节的发展,塑造鲜明的人物形象。

• 明确故事主人公的形象设定。很多考生编创出的故事结构很严谨,但是故事中的主人公是一个什么样的人,在故事中有着什么样的使命或命运并不清楚。因此,考生在故事编创时,应对故事中的人物性格特点及其命运走向有清晰的设定。

• 养成写日记的习惯。考生可以从自己最熟悉的生活写起,结合每天的所见所闻,为每个人物创建一个背景故事,并使人物的目标与困境为普通人理解。创建故事中,所有的关键时刻都应先于故事本身。在每个场景中,注意用细节突出人物形象,并在情节转换处巧设伏笔。

• 注意观察生活。回忆一下生活中的许多时刻,当听到别人的故事,感到震惊、被其吸引的时候,不妨仔细分析故事中的人是如何被卷入困境,又是如何摆脱困境的。充分利用自己的朋友圈,将他们的故事进行重新组合,运用于自己故事中的人物身上,另外可以再适当地加上一些虚构的情节。当笔下的人物拥有了在真实生活的基础上经过艺术加工的背景之后,你就可以根据自己的想法去描绘接下来的故事,写出他们的不同遭遇。

• 关注电视栏目。在看新闻时事节目甚至是真人秀节目时,去思考掩藏在故事背后的内容。思考是什么原因导致了主人公现在的境况?他们有着怎样的生活经历?观众第一次了解到这样的故事时是什么样的感受?如果站在公共立场去观察,深入其中挖掘故事背后的真相,并与自己的真实生活相结合,加以运用虚构或夸张的手法,相信考生创编的故事将会更加有吸引力,更加令人信服。

舞会的精灵

[挪威]基兰德

她毫不费力就登上了那闪亮的大理石阶,仿佛是一任她那绝世的美貌和善良的天性,将她向前推拥。她已经在那些豪门巨室的大厅里占有了自己的位置;为了取得入门的权利,她并不曾掏出自己的身份和名誉作为代价。然而,谁也说不清她究竟是从哪里来的,虽然关于她的卑下的身世已经引起了种种的私议。

作为巴黎近郊的一个弃儿,她在一种罪恶与贫困的生活环境里熬过了自己的童年。只有那些有过切身经验的人,才可以体会到这种赤贫景况的滋味,而我们这些只是从书本和报告里知道的,则只能乞灵于我们的想象,才能勉强描绘出那种大城市里世代相传的困苦。即使如此,我们所描绘出来的种种景象,哪怕是其中最凄惨的,和实际情况比较起来,也总会显得苍白。

其实,罪恶将她席卷而去,也只是时间问题,正和机器的齿轮卷走一个走近了它的人一样:它以一种机械的无情的准确性,首先将她暂时卷进一种羞耻与屈辱的生活,然后,终于把她扔到一个什么角落,让她无人知晓地,而且也无法使人知晓地结束了她的人生旅途中的逢场作戏。

正像生活里有时发生的那样,某一天,当她穿过一条热闹的大街的时候,她被一个有钱有势的人"发现"了。那时,她才十四岁,正要到"八十号"街上一间黑暗的后房去,为一个专做花球的太太帮工。

吸引了他的注意的,不仅仅是她那突出的美丽,也还有她的整个仪态,整个丰神,和她那还没有完全定型的面容的表情。所有这一切好像都向他暗示出来,在这女孩子身上,一种天赋的高贵和一种萌生的无耻,正在进行战斗;而他,由于拥有过多的财富,经常喜爱玩弄各种各样的奇癖,因此,就决心要出一把力,将她从不幸中拯救出来。

要占有她,这也并非难事,因为她不属于任何人。他给她取了一个名字,将她送进了一处最好的修女学校;看见她那罪恶的萌芽日趋凋萎而且终于消失,她的恩人感到满意。她养成了一种娇贵慵懒的性格,娴雅大方,出落得绝顶美丽。

因此,当她成年以后,他就娶了她。婚后生活,倒也显得和谐安静。虽然年事相差很远,他对她却抱有无限信任,而她,也是理当受到这种信任的。

在法国,夫妇生活并不像我们这里这样亲密;在他们那里,夫妻之间的要求并不那么严格,因此,失望也并不那么痛苦。

她虽不感到幸福,可也没有什么不满。她已经养成了一种习惯,对于凡是为她所做的一切,全都抱一种感谢的态度。富足的生活并没有使她产生厌倦,反之,却常常给她一种孩子似的欣喜。但是,关于这一点,是没有引起任何人的猜疑的;因为她的举止总是显得那样稳重沉着,那样高贵庄严。人们只是关于她的出身有所揣测,但是,既然没有人可以做出答复,也就不再有谁打听了:在巴黎,人们要想的别的心事,多的是呢。

她的过去,她已经忘却。她忘却了过去的一切,正和我们忘却了我们青春时代的玫瑰、丝带和已经发黄的信札一样——我们忘却了,因为我们从来不去想起它们。它们被锁了起来,锁进了一个我们从来也不开启的抽屉。可是,假如我们偶尔对那秘密的抽屉哪怕匆匆一瞥,我们马上就会发觉是不是有一朵玫瑰或者一小段丝带已经遗失。因为,关于它们的一点一滴,我们始终是记得的:所有一切,仍然记忆如新,甜也罢,苦也罢。

也就是像这样,她忘却了她的过去。她把它深锁在抽屉里,而将钥匙抛开。

然而,有时,在深夜,她也仍然做着可怕的噩梦。她又一次感到那个和她住在一起的女人摇撼着她的肩膀,在寒冷的清晨里打发她到制作花球的太太那里去。这时,她就从床上一跃而起,心惊胆战地向着黑暗凝视。但是,很快她就感觉到了那丝绒的被褥和柔软的枕头,她的手指也触摸到了她那华贵的床上的富丽的装饰;而当睡意朦胧的小天使们将那沉重的梦的帷幕缓缓拉开,她也就充分享受到一种奇特的、不可言喻的解脱的感觉,正和我们在发觉一场噩梦不过是无凭的梦境时所感到的那种宽慰的心情一样。

她坐在马车上,斜靠着那丝绒的背垫,正驰赴俄国大使的盛大舞会。她愈接近她的目的地,她也就前进得愈益缓慢,因为她的马车此刻也加入了那一步一步向前蠕动的车马的行列。

大饭店前,在火把和汽灯照得通明的宽敞广场上,聚集着大批的人群。不只是过路的看热闹的人们,还有工人、失业的闲人、贫穷的妇女,还有名誉可疑的女人们——事实上,主要的就是这些人。他们紧紧密密地站在车辆长阵的两旁。用最粗俗的巴黎隐语说出来的那些嬉笑的品评和不礼貌的俏皮话,从四方八面向着那些有钱人的耳朵袭来。

她听到了多年以来她没有听到过的那些话语。想到在这如龙的车马的长阵中,也许只有她一个能够听懂这些来自巴黎底层的嬉笑怒骂,她不禁脸上发烧。

她开始环顾了周围的这些脸孔;她仿佛认识其中的每一个。她本能地知道他们想的是什么,在他们的密封的脑袋里进行的是些什么;而渐渐地,一股回忆之流就向她汹涌而来。她极力保卫着自己不受这些回忆的冲击,但是,今晚,她怎么也无法保持常态。

毕竟,她并没有丢掉她那密室的钥匙啊!她不由得将它开启,而往事的回忆就将她淹没起来了。

她记起来,当她自己还不过是一个小孩的时候,有多少次她曾以贪婪的眼睛吞噬过那些打扮得花枝招展、驰赴舞会或前往剧场的漂亮女人们;有多少次她曾经怀着刻骨的嫉恨心情,眼看自己辛辛苦苦手制的花球却成了别人身上的装饰,而止不住流下了眼泪。就在这里,在自己跟前,她又看见了那同样贪婪的眼睛,那同样不满的、充满憎恨的嫉愤。

至于那些板起面孔、一言不发、半蔑视半威吓地斜睨着这成阵的车马的男人们——她也是知道他们的。难道她不是从小就挤在一个什么角落里,一心一意地听过他们的各种呐喊的么?他们叫喊着生活的不平,富人的残暴,和伸手就可以取得的工人的权利。

她知道他们憎恨一切——从那些膘壮的马匹和傲慢的车夫,一直到所有这些闪光发亮的车辆;可是,他们最恨的还是那些坐在车里的人们——那些永不餍足的吸血鬼和所有这些满身珠光宝气的女人们,她们一身的打扮比他们终生出卖的劳力还要值钱得多啊。

她面对着穿过人群缓缓流来的车阵,陷入了沉思;而修女学校的一幅半遗忘的图画,又在她的脑里浮现出来了。她忽然记起了法老的故事。埃及王法老率领战车,追赶着以色列人,追进了红海。她看见她印象中一直是血一般般红的海水忽然分开,在埃及人的两旁如山屹立。此时,摩西发出了呼喊,向海水举起了杖;而血红的海水于是分而复合,就将法老和他的追兵统统埋葬在汹涌澎湃的海涛里了。

她知道,在这里,在她身旁壁立的,较之海涛还更要狂暴,更要贪馋;她知道,只要一声高喊——一个摩西——将这个人海发动起来,它就会无可抗拒地席卷一切,就会将所有财富和权势的荣华,全都卷进那殷红的狂澜之中。

她的心突突地跳着;她战栗地爬到马车的一角。但这并非由于恐惧;这只是为了使外面的人看不见她——因为在他们的眼里,她为自己感到惭愧。

难道这就是她应该在的地方吗——在这温软华贵的马车里,在这些暴君和吸血鬼们中间?难道她不更应该属于车外那汹涌着的、充满着仇恨的人群么?

半遗忘的思想和感情,有如脱出樊笼的猛兽,在她的脑里奔驰。在这灿烂的生活里,她突然感到陌生无靠,无家可归;以一种恶魔般的企慕,她记起了她所从来的那个可怕的地方。

她抓紧了她的绣花围巾;她忽然感到一种疯狂的破坏欲望,想要把什么撕成碎片!正在此时,马车转入了拱门,来到了大饭店门口。

侍役打开车门，她带着娴雅的微笑，安详地、仪态万方地步出了车厢。

　　一个年轻的侍从武官似的家伙迎上前来。她挽住了他的手臂，这使他十分欣幸，当他认为他在她的眼里看到了一股奇异的光彩，他更是欢喜若狂；而当他感到了她的手臂正在微微发抖，他简直就如醉如痴了。

　　怀着骄傲的心情与巨大的希望，他彬彬有礼地将她引上了那闪亮的大理石阶。

　　"请告诉我，美丽的夫人，是什么福星在您降生的摇篮里赐给了您这样一种神奇的礼物，使您和属于您的一切全都显得如此缥缈？哪怕是您发上的一朵鲜花，也有它自己的特殊令人神往的香泽，仿佛是洒过了清晨的露水。当您起舞的时候，仿佛是地板自己升腾起来，来迎合您的足趾。"

　　伯爵对于自己的这一番长篇而又得体的恭维，连自己也不由得十分惊讶；因为，一般说来，他是很难得像这样连贯地来表露自己的。他期待着这位漂亮的夫人将怎样来表示她的赏识。

　　但是，他失望了。她只是斜倚着在跳舞以后可以凉快凉快的阳台的栏杆，凝视着广场的人群和仍然鱼贯来的车辆。她像是没有领会到伯爵的殷勤；反之，他只听到她的一声谜似的私语："法老。"

　　他正想抱怨起来，但她已经转过身去。在走向客厅的中途，她忽然在他面前停立下来，用他从来也没有见过的一双大而奇怪的眼睛看定了他。

　　"在我出生的时候，我亲爱的伯爵，我想大概既没有什么福星，甚至摇篮也不一定有！不过，您说到我发上的花朵和我脚下的舞姿，这倒是您的敏锐观察的一个伟大发现。我可以告诉您，那使我的头发散发香泽的清晨的露水，究竟是一种怎样的秘密。露水，我亲爱的伯爵，那就是眼泪——是嫉恨与羞惭、失望与愤怒洒落下来的眼泪。至于您觉得，当我们跳舞的时候，连地板仿佛也在翩翩起舞，那只是因为千百万人的仇恨，使地板也不得不频频战栗罢了。"

　　她以她惯常的安详说完了这些话语，然后亲切地点一点头，就消失在客厅里了。

伯爵独自站在那里，十分迷惘。他向广场上的人群看了一眼。这是他常见的一种景象；关于这个千头怪物，他曾经不止一次大胆地说过许多既拙劣而又冷漠的俏皮话。可是，今晚，他第一次地感到这个怪物对于这样一座大厦说来，确是一种极其可怕的环境。奇怪的、不愉快的思想在他的脑里盘旋——在这里，它们尽可以有用武之地。他的心境受到了强烈的震动，使它完全失去了常态，只是在足足跳完一次波尔卡舞以后，他的故我这才慢慢恢复过来。

 简析

　　文章在开头就很直观地引出文章的主要人物，并在舞会的交际场合刻画了她的叛逆，追忆了她繁华世相的人生背景下所包含着的对往昔贫瘠生活的伤痛。她以自己的身体为代价混进了上流社会，却不能淡忘自己身上的或者心灵上的折磨。虽然文章没有什么曲折的故事甚者是诱人的情节，但却从另外一个侧面展现了人生的悲哀。

　　文章的一大特色是对这个女性主人公的叛逆性格的塑造，从童年的弃儿生活到成为富翁的女人，再到和现实生活的不懈的斗争，都让她足够厌倦。此外，她的性格变迁也同样是在这样深厚的社会环境下积淀而成的。作者借此表达了自己对世界和对整个人生的看法。对比是该文章的主要写作方法，让整个社会不同等级人群的生活现状更加赤裸裸地呈现出来：一边是贫瘠的流浪的辛酸，一边是糜烂的奢华的生活，从而展现出作品深刻的社会意义。因为舞会是个放纵的场合，可以将所有的一切包括社会、人生，浓缩在一个空间极小，但蕴意极大的场景当中，从而使主题显得相当突出，让故事更具有阅读性。

　　作品的语言具有诗情画意的优雅，在淡雅的讽刺和机智的嘲讽中，展现了作者强烈的爱憎情感。有评论家称这样的笔法很像莫泊桑的风格。

第三节 结 构

结构,是构成文学作品形式的因素之一,是表现主题,组织安排人物、事件,以及谋篇布局、塑造艺术形象的重要手段。在叙事性的文艺作品中,它主要表现在情节的组织安排上,因此,通常把结构称为"情节结构"。作为以情节见长的故事,其结构艺术就显得更为重要。

一、胸有全局布精兵

结构作为故事的外部表现形式,是为内容服务的。寻找表达思想内容的独特形式,就要重视结构的组织,加深对结构的认识。一般结构的组织遵循以下几个原则。

1. 服从主题思想的需要

主题思想是作品的"中枢神经",它统领着作品的各个部分。在设计作品结构时,必须根据主题思想的需要,对所有人物、所有情节或细节进行严格的选择和组织安排,使结构呈现出创编者的主观思路和事物的客观逻辑,为主题服务。

2. 服从人物形象塑造的需要

人物形象的塑造,是通过情节的发展去完成的。因此,情节的结构一定要围绕人物性格的塑造和发展逻辑需要去选择,进行构思,并巧妙地加以组织、安排,力求使每一个情节、每一个场景、每一个细节、每一次矛盾冲突,都能为塑造人物形象发挥充分的作用。

3. 做到完整、和谐和统一

要想使人听过故事之后,在脑海中留下一个较完整的故事情节,就应注意结构本身的完整、和谐与统一。情节结构中的几个主要环节,要环环相扣、层层递进,假若从中省略任何一个环节,或者把这些环节交错、倒置,都有可能破坏整个作品的完整、和谐与统一。因此,即使是极其微小的细节运用,也要保持前后呼应,保证作品结构的完整。

首先,一个故事里通常包含了背景、人物、情节、线索、悬念、节奏、表述方式等诸多元素,它们应该和谐、完美地统一在一个结构框架里,要做到这一点并不容易。比如,考生创编的故事内容是比较简单的,事件的过程并不复杂,而考生却设计了众多的人物,设计了比较复杂的叙述结构,这就不和谐了。平时我们会看到一些故事,篇幅很长,情节却十分简单,大量的内容是无谓的叙述和对话,这样的故事往往很难吸引读者。反之,如果故事内容是很复杂的,但所设计的叙述结构却较为简单,那么许多精彩的内容都一笔带过,这同样不是好故事。

其次,故事以情节为核心,它的结构必定是以事件为轴心的。故事中,应该有一条线索自始至终贯穿整个作品,这条线索始终不能断、不能散。创作者创作一个故事,当开始构思的时候,就要注意事件的支撑性作用,形成一个包含开端、发展、高潮、结局的相对完整的叙事过程。在这一过程中,尤其要处理好事件和人物的关系,考生如果在编创故事时,忽视事件这一轴心,而一味向人物倾斜,则编创出的故事往往会呈现出不同程度的"非故事"、不完整的结构状态,这一点应引起注意。

【案例导读】

夏日爱情

[英国]代尔

这是一个不同寻常的假日。凯特倚在椅背上,最后一次欣赏着周围的景色。面前的菜肴味美可口，可她伤心至极，毫无食欲。她只是将杯中的酒一饮而尽。这时耳边响起了《重归索连托》这首饱含深情和忧伤的老歌。她总是由这首歌联想到安托尼和这个假日。

安托尼曾捧着她的手说："你知道我永远不会忘记你。"

凯特苦笑着，她明白这只是一场戏。在从他身边经过的每位度假女郎身上一次次上演。作为一名镇上一流饭店里的侍者，他能让所有向往蓝天碧海式的浪漫之恋的女孩为之倾心。他那意大利式的深色双眸是那么勾人心魄，他的微笑是那么温柔多情……

"应该说在一起的时候，感觉是不错。"她说。

安托尼眉头紧皱。"不，不。对我来说，你远远胜过一名，用你的话说，过客。我爱你！"他坚持说，"我要永远和你在一起。"

"我相信你会的，"凯特说，"但这不可能。我不住在这儿，这不是我的国家。"

"你……你看待问题太'英国化'了，"安托尼说，"在意大利，我们总是看到光明的一面。我会常去探望你的。"

凯特摇了摇头："拜托，我们别演了。"

安托尼像是受了伤害。"我没在演戏！"他说，"我是当真的。"

凯特再次摇了摇头。"我们别谈将来了。"她说，"为什么不去海边走走？今天这么暖和。"

他牵着她的手。他们漫步在沙滩上。太阳像一颗明亮的火球正沉入海中。

"我们度过了一个美好的假期。"凯特说。

"它还没有结束，"安托尼说，"我们仍然可以拥有今晚。明天你们的客车几点来接你？"

"七点！"凯特叹道，"我都不忍心去想。"

"那就别想。"安托尼说，吻着她。

凯特回到旅馆时,室友萨丽还没睡。

"向安托尼告别了?"她问。

凯特摇了摇头:"他坚持要为我送行,噢,萨丽,我真希望从没见过他。"

"不,别这么想。"萨丽说,"他是你遇到的最棒的一个。"

"我知道。"凯特伤心地说。

这是一个晴朗美丽的清晨。薄雾笼罩下的淡蓝色的海面,平静得像座水池,渔轮正在起航。凯特是多么羡慕它们啊。至少它们还会回来。

她刚收拾完行李,安托尼就来了。

"我说过不要你来,"凯特说,"我讨厌分别。"

"我一个人待不下去,"安托尼说着拿起了她的箱子,"而且,你忘了给我你的地址了。"

"我没忘。"凯特低声说,最后一次环视着房间。

"我们该走了。"萨丽说。

"祝你旅途愉快。"他补充说,"确切地说你几点到家?"

"说不准,"凯特说,"我们在正式启程回国之前,要先在这一带逛一段时间,要换好几个旅馆。"

"太好了。"安托尼神秘地笑着。

"好什么?"

"没什么,"他拥着她说,"我爱你,凯特。"

"我也爱你。"凯特的泪水快要夺眶而出了。然后她迅速地从他怀中挣脱出来,头也不回地登上了客车。她还没有落座,车就开动了。

"他已经走了!"一直望着窗外的萨丽说,"他甚至没等到我们转过拐角,就跑了。"

"喔,"凯特叹了口气,"他是想马上回去梳妆打扮一番。十一点会有另一支旅行团到达的。"

"噢,可怜的凯特!"萨丽抱着她。

"有一点我很高兴,"凯特说,"在以前所有类似的假日艳遇中我吸取了教训。至少我没给他我的地址。现在我无须去等那永远也不会寄来的信件了。要知道,他对我没给他地址并没有大惊小怪。这表明了他对漂洋过海去看我究竟有多少诚意。一切都结束了。"

"是啊,好像如此。"萨丽赞同道。

凯特叹了口气,随后哭了。安托尼给她的印象是那么不同,那么真诚,但他就像其他逢场作戏的情场高手一样,只是想寻求点刺激。他们总是善于捕捉一颗颗单纯轻信的芳心。

"噢,萨丽。"她擦着眼睛说,"我为什么总是在分手之后才会动真情呢?"

旅途闷热、嘈杂。凯特时睡时醒。最后,她们到达了莱尔车站。她感觉好像进入了另一个世界,一个全新的世界。

"凯特!"萨丽推了她一把,"看!"

"什么?"凯特擦了擦车窗,向外望去。目光所及到处是成束的鲜花——唐菖蒲、玫瑰、石竹……在它们上方是一面牌子,上书:"欢迎回家,凯特!"

"什么?"凯特问,"这不……不可能是给我的。"

"喔,不可能?"萨丽说,"看谁在那儿?"

凯特揉了揉眼睛,又揉了揉。她飞一般下了车。

"你不愿给我地址,所以我只好来这儿见你了!"安托尼说,"并且来证明我不会食言的,我随时都会来看望你的。你看,莱尔离布莱克普只有几小时的路程!"

泪水早已模糊了凯特的视线。

简析

《夏日爱情》中主要讲述了凯特与安托尼爱情的产生、发展过程。从最初凯特认为这只是一段假日的邂逅,度假结束之后就会随风而逝,到两个人相爱、告别、分手,再到后来安托尼一路追随到莱尔的真情告白,凯特欣喜落泪。

在这个篇幅并不长的故事中,我们清晰地感觉到了自始至终贯穿于整个作品的一条线索,那就是凯特对安托尼处处留情,却难以释怀的内心挣扎。这条线索始终没有断,始终没有散,始终没有偏。整个故事都是以其为中心来讲述的,包含了开端、发展、高潮、结局这样一个完整的叙事过程。故事一开始从凯特这个人物写起,很快即进入了故事所设置的事件之中——① 独自流泪;② 真情告白;③ 说分别;④ 送别;⑤ 失落离开;⑥ 又见安托尼。这一个个事件构成了故事的整个结构,将凯特与安托尼的爱情故事进行了完整的表达。

故事的结构必须以事件为轴心,这一点对我们的启示尤为重要。当你准备创作一个故事时,当你的构思过程开始时,你应当以"事件"为轴心,你的构思的全过程必须紧紧围绕着"事件"这个轴心展开。

二、结构的分类

1. 按情节发展顺序分类

(1) 开放式结构。

开放式结构是指从事件的开端写起,把事件发展的过程比较完整地呈现出来。这是影视作品传统的结构方式。

热播的《琅琊榜》《欢乐颂》都是按照故事发展的先后顺序,从人物之间的矛盾开始,建立起人物之间的关系,然后到达高潮部分,再到后来的结局。很多时候,作品的结局也是开放式的,《琅琊榜》的结局,梅长苏最后是战死沙场还是退隐江湖,电视剧并没有给出一个明确的答复。《欢乐颂》也是如此,并没有给出五个女孩明确的情感归宿。一方面,这样设置故事结局能够给予观众意犹未尽的效果,留给观众一个想象空间;另一方面,就创作者本身而言,也更容易结束整个故事的编创,或者给续集的展开留下伏笔。

在故事编创中,考生在构思整个故事结构的时候,可以按照故事发展的先后顺序来讲述整个故事。这样的结构方式能够让读者按部就班地读完整个故事,但是考生在编创之前需要将故事的结尾部分在稿纸上写出来,否则在考场中最后可能比较难结尾。

(2) 封闭式结构。

与开放式结构相反,封闭式结构打乱事件的固有顺序,从事件的发展、高潮或者结局部分写起,然后采用回溯的方式交代整个事件发展的来龙去脉。在封闭式的故事结构中,回溯只作为叙事手段,而不作为故事主体,叙事手段是为主体所服务的。

电视剧《还珠格格》中,无论是第一部中从皇帝带着刚刚相认的还珠格格出巡祭天开始回溯,还是第二部开头两位格格站在囚车里前往刑场即将被斩首示众,都是将故事的高潮在电视剧的开始部分做了详细的展示。

在故事编创中,考生将高潮部分或者结局放在故事的开头,更能够吸引读者的注意力,也能够兼顾到故事的整体性。

2. 按人物和事件设置分类

(1) 一人一事结构。

一人一事结构是指通过一个主要事件,围绕一个主要人物展开情节。这种结构方式在电影中经常出现。电视剧由于篇幅长、容量大,一般很少使用。故事编创考试中多用一人一事结构。

一人一事结构显得线索清晰,人物突出,非常容易建构,但也容易出现内容单薄的弊病。

(2) 一人多事结构。

一人多事结构是指通过几个主要事件,围绕一个主要人物展开情节。

这又分为两种情况:一种情况是几个主要事件相互联系,相互影响,即环环相扣。另外一种是几个主要事件虽然都是围绕主要人物而展开,但彼此相互独立,互不影响。

一人多事结构的重点是要处理好事件之间的联系,分清轻重、先后以及在刻画人物性格方面的作用。

(3) 多人多事结构。

多人多事结构是指通过某一环境中某些人物性格的刻画来反映丰富多彩的社会生活,人物和事件不分主次。这种结构又叫人像展览式结构。

多人多事结构的特点是没有突出的人物,因此某一个人只要在某一段中占主要位置,就可能是主人公;但在另一段中有可能成为次要人物,或者消失得无影无踪。由于故事篇幅短小,情节要求紧凑集中,这种结构在故事编创中运用得很少。

【案例导读】

雪夜出诊

[美国]比利·罗斯

夜,大雪飘飞。将近晚上九点的时候,医生正在家里看书,电话铃响了。

"请找凡艾克医生。"

"我就是。"医生回答。过了一会儿,凡艾克听到话筒里传来另一个人的声音:"我是格兰福斯医院的黑顿医生。我们刚接到一个男孩,他的脑袋被子弹打中了,现在非常衰弱,也许活不长了。我们得马上给他动手术,可是你知道,我不是外科医生。"

"我这儿离格兰福斯九十多公里,恐怕——"凡艾克犹豫了一下,"对了,你请过马萨医生没有?他就住在你们镇上。"

"我们去过电话,他今天碰巧外出了。"黑顿答道,"那孩子伤情危重,他是自个儿玩弄火枪时不小心出事的。"

"哦!可怜的孩子。无论如何,我会尽快赶到你们医院。现在正下着雪,大概十二点左右我就可以赶到。"

"请慢,凡艾克医生。还有一点我得告诉你,孩子家很穷,我想他们不会给你多少报酬。"

"这没有什么。"凡艾克说完,挂上电话,几分钟后便驾着他分期付款买来的小汽车出发了。

崭新的小汽车在雪地里艰难地行驶。刚到郊外，车前突然蹿出一个身穿黑大衣的男人，凡艾克急忙刹车。车未停稳，那男人已经敏捷地打开车门钻了进来。

"请你马上下车！"男人低声命令道，"我有枪。"

"我是医生，"凡艾克很镇静，"我现在要赶去抢救一个情况危急的——"

"别废话！"裹着破旧黑大衣的人粗鲁地打断他的话，"你赶快下去，别惹我生气。"

凡艾克被迫下了车，眼看着车子飞驶而去。他在雪地里站了好一会儿，愣愣地看着大雪把车轮印重新覆盖，才猛地清醒过来，急忙到附近寻人家。用了将近半小时，他才在一户人家找到电话，召唤出租汽车。

也不知过了多久，一辆出租汽车终于来到了。凡艾克立即钻进汽车，催促司机全速前进。

凌晨一点多，凡艾克到了格兰福斯医院。黑顿早在医院门口等候，他的神情已经不是那么着急了。

"我已经想尽了办法，"凡艾克气喘吁吁，直搓着冰冷的双手，"可是有人在半路上截住了我，抢走了我的车。黑顿医生，孩子现在怎么样了？"

"谢谢你！凡艾克医生。我知道你已经竭尽全力。"黑顿拍拍对方身上的雪花，"孩子一小时前死了。"

两位医生走到候诊室门口。凡艾克倏地惊呆了：门边的长板凳上，坐着一个裹着破旧黑大衣的男人，头深深地埋在两只手掌里。听见有人来，他抬起头，目光呆滞。突然，他像发现了什么，死死盯着凡艾克。

"亨尼汉先生，"黑顿指着凡艾克，对那男人说，"他就是我请来的凡艾克医生。可惜他中途被歹徒抢走了汽车，所以迟到了。他本想赶来抢救孩子，他已经尽了全力，可惜还是晚了。"

# 简析

这个故事围绕医生去医院拯救一个孩子的过程展开,这是简单的一人多事结构,但是在故事发展过程中还有着与主人公相关联的一些其他人物。医生要去拯救中枪的男孩,接着便遇到了抢劫,然后耽误了拯救孩子的时间。这种结构在故事编创中是能够获得高分的,一方面它的叙事线索简单,人物关系简单,使整个故事的主题突出,矛盾集中。此外,在故事的开始部分,作者巧妙地设置了悬念——医生是否能够拯救小男孩。情节的展开,以及最后的"释悬",也使故事的结尾具有情理之中、意料之外的效果。

3. 按照审美风格分类

(1) 戏剧式结构。

戏剧式结构讲究戏剧冲突,把法国戏剧理论家布伦退尔所说的"没有冲突就没有戏剧"奉为座右铭;讲究情节的起承转合,当然具体顺序可能有别,无论哪种方式,都特别重视高潮的出现;讲究巧合、误会、悬念等表现手法。

在故事编创中,推荐考生使用戏剧式结构,这样的故事结构可以与故事的其他元素有一个更好的融合。

(2) 散文式结构。

散文式结构讲究形散而神聚,力图反映生活自然进程中的本真风貌,反对激烈的戏剧冲突,反对贯穿始终的行动线,反对巧合、误会、因果呼应等"做戏"的技巧。

改编自林海音同名小说的电影《城南旧事》是运用散文式结构的典范。影片主人公英子是一位6岁小女孩,天真单纯,不谙世事。影片通过她把几个不相关的故事连在了一起,通过小姑娘英子童稚的眼睛,来看当时北京形形色色的人与事。影片中的人物最后都离小英子而去,在告别童年的伤感和怀念中,展现了大人世界的悲欢离合,有种说不出的天真,却道尽人世间复杂的情感。

- 对大多数考生而言,考场上进行故事编创时,应始终围绕着一个事件、一条线索展开。有些考生在一个故事中讲了两件事情、设计了两条线索,往往又处理不好,于是就出现了脉络紊乱的弊端。也许有考生会问:"难道在我的故事中不能设计主线和副线吗?"我们认为,在一个篇幅不太长、结构不太复杂的故事中,一般情况下出现两个事件、两条线索不太合适,即使是在篇幅较长的故事中,如果必须出现两个事件、两条线索,也必须把次要事件、次要线索以一种极其简略的方式处理,在讲述中还是要对主要线索和主要事件充分重视。

- 我们在构建一个故事的结构时,应该尽量按照事件发生的时间顺序来安排、设计,即使要运用倒叙、插叙,也应该尽量减少这种表达手段的运用次数和密度,避免出现结构混乱。顺叙的表达手段是最符合故事的讲述性这一要求的,有些考生编创的故事,就是因为倒叙和插叙使用过多而导致了讲述上的不清晰,从而影响了故事质量。

- 故事的结构合理,叙述恰当,是故事的基本要求。此外,故事结构新颖,也是令简单的故事脱颖而出的技巧之一。同样的故事,用不一样的结构叙述和表达技巧,有时就能够达到不一样的效果。

想回到过去

"叶然失踪了?"推开她的门,眼前的房间整理得井井有条,一看就知道屋主是一位恬静文雅的女孩儿,很难想象有什么理由让她离家出走。

作为她最好的朋友,我决定把她找回来。

她的房间面朝南,秋天的午后暖洋洋的阳光照在纯白的窗帘上,染成一大片一大片的橙黄色。叶然是学习油画的,墙壁上挂满了她的作品。她似乎对挂在床头的那幅画特别珍视,每次来看她,有时却会看到她对着那幅画愣愣地出神,然后轻轻地擦拭画框。

画上是一个穿着蓝色外套的小女孩儿,戴着大大的黑色耳机,头扬得很高,参差不齐的细碎刘海下的眼睛凝神盯着前方,两只手举着,摆出既像"6"又像10的手势。女孩周围的背景被叶然画得很模糊,仿佛此刻只有那位画中的女孩子是真实存在的,站在面前的我不敢大口呼吸,只怕稍一大意便打扰了女孩子的学习。

叶然曾告诉我这幅画的来历。这是一位有先天听力障碍的孩子,这幅画再现了孩子上听力课的情景。

她留下这幅画,是想告诉我什么吗?

我决定,从她其他的画里寻找线索。

躺在她的床上,我眯着眼睛盯住北面墙上的一幅画——深咖啡色的色调,画上是一对争吵的夫妻,似乎在相互指责,脸部被画得十分模糊。

东面墙的画上有一群小学生围着一个蹲下来的孩子,色彩由四周的五彩斑斓渐渐变成中间的深灰色,刚好是蹲下来的那个孩子所在的位置。

西南面墙上挂了一幅颜色很温暖的画,两个女生肩并肩地背着书包放学回家。"等一下!那两个书包!一样的款式,不同的颜色,流线型的设计,小熊形状的搭扣,这就是我和叶然的书包啊!"我急忙冲向她的衣柜,拿出她的书包,"对,我确定画上就是这个包。"

我打开包,希望找到一些线索,果然包里有一个纸条。"画",纸条里只写了这一个字。我顾不了那么多了,先得把人找到,我连忙取下四幅画,分别反过来。一看,有字!我为自己的一点点小小的侦探头脑感到兴奋,继续往下看。

第四幅画上写着:"致我最爱的朋友:希望你以后过得开心,用心做自己,坚持自己的路。"

第三幅画上写着:"这样的生活总是出现在我梦里,当耳朵病好后,反而听到了更多不想听到的声音。"原来,画中的女孩儿是叶然。

第二幅画上写着:"爸妈你们别再吵了。"这是她的父母?她不是孤儿吗?

第一幅画上写着:"想回到过去。"

我被这些画绕得有些头晕。第二天,我整理了一下思绪。那些画正是叶然一路走来的年华,她向往平静的生活,她累了。

一个月后,我收到了叶然的来信。她告诉我,她回到了那所聋哑学校,准备当一名教师。我想,叶然终于回到过去了。

简析

这篇文章的成功之处便是文章的整体结构。通过故事中四幅画的串联,讲述了一个女孩的生活故事,进而使叶然的失踪有了结局。这篇故事和微电影《男生日记》有着相同之处,都是通过图片作为叙事的线索,将所有的简短事件串连成一个大的故事。

另外,就是这个故事与题目的吻合程度。在考场中,如果考生遇到"想回到过去"这一命题,就把故事写成一个完全的回忆故事,那么便容易落入俗套,得不到高分。而这篇故事的讲述则使得这一命题具有了新颖性。

第四节 悬 念

当故事有了一个明确的主题和人物形象,接下来便是如何讲好这个故事。在这个过程中,悬念起着决定性的作用。悬念是关系到故事能否引起读者或观众兴趣的重要问题之一。悬念大师希区柯克说:"你须记住观众是抱着某种期望走进电影院的,他们已经在广告上对影片有所了解,所以问题在于你在影片的开端部分怎样制造紧张气氛……"善于制造悬念的创作者,能够让人由始至终处于有所期待的心情之中,始终对故事抱有兴趣。在传媒艺考的故事编创中,悬念是考生拿高分的一个关键点,因为它往往能使一篇故事在一开始就吸引人们的注意,或者使情节一波三折,产生扣人心弦的阅读效果。

一、悬念的内涵

悬念是指欣赏戏剧、影视剧或其他文艺作品时,观众、读者对故事情节发展和人物命运很想知道又无从推知的关切和期待心理。悬念是构建情节最有活力、最具张力、最富魅力的艺术元素。设置悬念也就是为了吸引读者的注意力,让读者有兴趣读完你的故事。悬念一直是影视作品吸引观众注意力的有效途径之一。实际上,通过悬念取胜的作品可追溯至古希腊悲剧《俄狄浦斯王》。

古希腊悲剧《俄狄浦斯王》中,通过第一场,我们知道了以下几个情境因素:第一,特拜城爆发了瘟疫,整个城市面临着毁灭。第二,特拜国王俄狄浦斯派其内兄克瑞翁到阿波罗神庙去求神示,希望能获知瘟疫产生的原因。第三,克瑞翁回来把神示告诉了俄狄浦斯,从而引出了一件往事。那就是十几年前,在俄狄浦斯来到特拜之前,这里的国王拉伊俄斯外出时,在一个岔口被杀。现在神把灾难降到特拜,意在要人们找出当年杀死拉伊俄斯的凶手。第四,俄狄浦斯决心查出杀手,消除瘟疫,拯救全城。这四个因素组成了本剧最初的规定情境。这个情境中蕴含的悬念是明显的,那就是,杀先王的凶手是谁?俄狄浦斯最后能查出这个凶手吗?最后的瘟疫能消除吗?到此为止,这出戏的总悬念也就形成了。

二、悬念的分类

通常情况下,悬念可以分为三大类:突发式悬念、期望式悬念和希区柯克式悬念。我们可以用希区柯克著名的关于"炸弹的例子"来进行说明。

1. 突发式悬念

在一个屋子里放上炸弹,两个人走进屋子,坐下来谈话,突然桌子底下的炸弹爆炸了——这个过程提供给观众惊奇的反应。专业术语叫作突发式悬念。

突发式悬念,亦称吃惊或惊奇,主要依靠对读者或观众保密,对故事中的人物保密,使读者、观众大吃一惊来加强戏剧效果。剧情发展过程中出乎意料,而又在情理之中的复杂情况和险要转折之处,多用突发式悬念。比如《名侦探柯南》,就以突发案件的开场悬念,吸引观众的注意,勾起观众强烈的观看兴趣。

突发式悬念是最适合考生来编创故事悬念的一种方法。考生可以在故事中通过巧妙设置这一悬念,强烈地引起考官对人物命运和故事结尾的关注,这样在揭开悬念的谜底之后,就可以营造出一种意料之外、情理之中的效果,增加故事的吸引力。

2. 期望式悬念

如果观众先看到一个凶手走进屋子将炸弹藏在桌子下,接着两个人走进屋子却没有发现炸弹,仍然坐下来谈话,那么炸弹什么时候会爆炸——这个过程的专业术语叫作期望式悬念,此时移情度高,观众投入了角色并为角色着急,会不断祈祷:"我的天哪,别炸!千万别炸!"

期望式悬念建立在对观众不保密的基础上,它是观众对人物命运和事态发展有一定预感和了解的情况下所造成的期待。侧重于性格描写时,多用期望式悬念。比如,在金庸的《天龙八部》中,读者从杏子林开始就期待了解乔峰的身世,后来知道乔峰就是萧峰,又期待着获悉他的人生走向,等等。

3. 希区柯克式悬念

还有一种悬念,接近于突发式悬念,但又与突发式悬念有质的区别,这就是希区柯克式悬念,我们又称之为"希氏悬念"。希氏悬念与突发式悬念相同的是,观众与故事主角知道的一样多;不同之处则在于,观众与故事主角是否都知道真相。不知道真相的就是突发式悬念,知道真相的就是希氏悬念。

我们用希区柯克本人举的一个例子来说明:一颗炸弹将在一群人谈了15分钟棒球之后爆炸——先告诉那群人15分钟后有一颗炸弹要爆炸,再让他们谈论棒球,而非先让一群人谈15分钟棒球,再让炸弹爆炸。此时紧张的不仅仅是观众,这群人也会带着焦虑、慌张的心情来谈论棒球,谈论的过程也就不会乏味,显得多姿多彩。用希区柯克的名言来归纳,希氏悬念即"炸弹绝不能爆炸,炸弹不爆炸,观众就老在惴惴不安"。

希氏悬念中,所有当事人和观众都知道故事发生、发展的全过程,甚至能预测到它的结果,但剧中人物是如何应对各种情况的观众却全然不知,这同样可以造成各种疑问和紧张感,通过对人物行动过程的细节披露和情节发展中种种不可预测状况的展示,牢牢吸引人们的注意力。比如,在《鬼吹灯》的一系列盗墓探险故事中,就是采用这样的悬念设置,让观众和主人公一起处于一个高度紧张的环境和高度期待的情节关注中。在实际考试中,考生可以借鉴这一悬念设置方法,编创故事。

三、构成悬念的因素

1. 人物命运中潜伏着危机

作品中最能打动人的就是人物的命运。故事以人物命运作为悬念的也较多。

在戏剧理论中,我们把悬念比作"达摩克利斯之剑",即在人的头顶上系着一把利剑,这把利剑摇摇欲坠,时刻危及人物的命运。可见,设置悬念的时候,要时刻制造人物的危机感,把人物推向人生或命运的困境。

【案例导读】

走出迷宫

孙汗青

　　栾高两口子生了一个男孩子,小名"祥儿",可三个月后发现这孩子突然嘴斜眼歪,该说话时又口齿不清,七岁了也只能说几个单词:爸、吃、走、屙。生活不能自理,上了两年学,能认些字,可会写的不多。那天,栾高与妻子商量:"孩子这个样子,家里没钱养活他,要不把孩子弄到一个地方丢了,兴许别人会捡去养,我们今后想办法再生一个?"妻子忙说:"这孩子虽傻,但毕竟是我身上掉下的肉啊!"

　　栾高叹了口气,说:"我们如果有一个健康的孩子,等老了还能有个依靠,有了这个傻孩子,今后别说老有所依了,他的生活都成了问题……"妻子犹豫了一阵,点点头,流泪答应了。

　　那么,把祥儿带到哪里去丢呢?到大街上,众目睽睽,一是自己不敢,二是孩子的小手一直紧紧地抓着大人,丢不掉;再说,这祥儿记别的不行,但偏偏记得住街道、线路和门牌号码。栾高思来想去,突然心头一个豁亮,想到了城郊有个废弃的露天迷宫,多年前因为管理不善,许多进去的人走不出来,弄得老板无法经营便放弃了,再后来当地有人以承包的名义接手,自己卖票自己当导游,生意十分清淡,但偶尔仍有人来。

　　栾高想,一旦把祥儿带进去,那迷宫内没有任何标示,迷宫虽然是露天的,但是墙体很高,祥儿绝对是走不出来的。孩子丢了,游人捡到也是问不出个结果,所以,这实在是个不错的主意。夫妻俩商量之后,选了个日子,由栾高领着祥儿去迷宫"游玩"。

　　说来也巧,这天小雨,而且雾很大。栾高领着祥儿来到露天迷宫,那个"导游"已经下班,四下早已没了人迹。崃高心里一激动,拉着祥儿就往里面闯。进去以后,转弯抹角,走了很远,崃高趁祥儿不注意,便转身跑了,可是跑出没多远,崃高发现里面曲里拐弯,非常复杂,他转了一阵,见里面到处是路,又到处都不是路,他越转越慌,直转得头昏目眩……

一个小时过去了,天色渐渐昏暗了,可崃高还是没法走出去,他急得汗流浃背,喊了几声,除了回声在迷宫中"嗡嗡"回荡,里外全无人应答。崃高此时有些后悔,他倒不是后悔自己不该把孩子带到这里来,而是自己不该跟着进来,后悔没有看一下导游写在门口的电话号码。正当崃高心急如焚的时候,偏偏又下起了雪,一阵紧一阵,他明白,今夜若是出去不了,就有可能冻死在里面!

正在这时,崃高忽然看见一个黑影向自己走来,走近一看,正是儿子祥儿,祥儿一把死死地抓住父亲的衣襟角,说:"爸,回!"

崃高颤抖着声音问:"你咋找到这里的?"祥儿说:"记,转。"崃高望着儿子忽闪忽闪的大眼睛,忽然意识到自己当初生出这个念头来就是错误的,是罪过,要天打雷劈的,娃娃长得丑,不会说话,但好歹是条命,自己要丢儿子,结果自己反倒被丢了!想到这里,崃高念叨着儿子的名字说:"祥儿,我父子俩今晚要在这里住世界上最便宜的宾馆了,不要钱,只要命,不冻死,算我父子命大了,你如果有办法让我们走出去,今后爹再也不扔你了。"

祥儿虽然不会说,但他听得懂爹的话,他见崃高眼泪汪汪的,连忙用手比划,让崃高打电话求援,崃高嘀咕道:"可我又不知道导游的电话号码……"祥儿一听,嘴里"哇哇"叫,随即捡起一粒石子在墙体上写了一串阿拉伯字,崃高一看,竟然是一个电话号码,他按着这号码掏出手机一拨,通了,果然是迷宫的导游,导游在电话中问:"你是啥时候进来的?"

崃高说:"黄昏。"

导游说:"你违规!门口的牌子上写得明明白白,过了五点不准进人,先生你没看?"崃高急得满头流汗,恳求道:"老板,麻烦你了,今后我们再也不敢擅自闯入了。"导游在电话那头咳嗽了一阵,吭哧了一阵,说:"要我带你出来可以,给钱。"

"多少?""五百。"

"这么多?""这是紧急救助,明白不?"说完,对方搁下了电话。

栾高有些生气,他口袋里只有五十块钱,再说,这导游张口就要五百,宰得也太凶了!栾高对祥儿说:"儿子,我们打110,让警察叔叔来救我们!"随即,他拨通了110专线,可是当他听到接线员声音的时候,电话却"啪"的一声断了,原来他的手机没电,自动关机了。

栾高看着祥儿鼻涕口水直流,只觉得心头冰冷,看来在这个风雪夜里,他要和儿子在迷宫里相依为命了。栾高抱起儿子,靠在墙边,突然,他看到墙上儿子刚才写的一串电话号码,又想到儿子刚才的举止,心里霍地热了,他指了指那号码,问道:"你是怎么知道这个电话的?"祥儿听了,用手指了指外面,又指了指墙,栾高明白了,儿子进门时记住了导游的电话,栾高同时还想起,儿子在平时记了很多电话号码,例如,掏下水道的、开锁的、搬家的,甚至连办假证的,他都记得一清二楚,这都是他平时在无意中随便记的,而这些电话,正常人是不太注意的,说不定这正是儿子的特长。栾高想,干脆考考儿子的记性吧,想到这里,便问:"祥儿,你还记得我们走了多少圈吗?"祥儿便用手中的石头在墙上画箭头:东15圈,西11圈,南8圈,北9圈……栾高一看,大吃一惊,哎呀,怪不得他能找到我!他心头一阵惊喜,便又问:"还记得出去的路吗?"

祥儿不说话,拉着父亲就走,东一圈西一圈,穿进返出,遇上转弯多的地方,这个傻儿子也会摸着脑袋想上一会儿,到了下半夜,父子两人居然硬是走出了迷宫,一出大门,栾高一把搂紧了儿子,满眶全是泪水:"祥儿,我的好祥儿啊!"

从此,栾高逢人就说:"人啊,不怕迷路,就怕迷失人的本性!"不久,栾高请了个家庭教师教儿子专门学数学,只读了三年,老师哭笑不得地对栾高说:"你快把你儿子送到科技大学的少年班去读吧,我教不了啦,这娃太厉害了!"

第三章 故事的编创元素

> 简析

在这篇故事中,人物一直处于危机之中。首先,祥儿在故事一开始便是在危机之中,他面临着将被亲生父母抛弃的危险。这一危险的设置足以给读者留下悬念。其次,在栾高迷路之后,他如何自己寻找出路?当祥儿出现之后,他们父子俩如何能够摆脱这样的困境?在整个故事中父子俩如何摆脱困境、走出困境是主线。作品就是这样有机围绕人物的命运,层层设置悬念,紧紧扣住了读者的心。

正如前文所述,在故事编创中,我们设置故事悬念的一个重要方法便是凸显人物的困境。当人物处于困境之中时,读者的注意力便集中在人物是否能够脱离这种困境上,也因这种困境的存在,才使得整个故事有了精彩的悬念。

2. 扣人心弦的事件

故事注重的是情节,一个新颖、奇特或者巧妙的情节,有时可以直接用来作为悬念。以事件作为悬念,一是需要使读者产生"预知后事如何"的迫切要求,这是首要条件。许多故事会把悬念放在故事的开端,目的是引起读者的兴趣。二是需要发生势均力敌、必须有结果的冲突。矛盾冲突越强烈,故事就越好看,当故事中人物间的对抗水平越高,实力越强,最后结果如何,读者也就越关注。三是需要具有两种或两种以上的结局或者答案。在悬念的设置中,故事的结局永远是一个谜,而唯一的答案并不是故事中最好的结局。四是需要在悬念的设置中,把事件的发展趋势有意识地交代给读者,使读者能够预料到故事的必然结果,从而对故事中人物命运的发展产生焦虑,对情节的发展产生期待,这也是一种常见的方法。

3. 贯穿情节的道具

在故事的悬念中,往往存在着一些作为线索贯穿始终的道具,例如,《少奶奶的扇子》中的扇子、《雷雨》中鲁侍萍的照片,这些道具会与故事主人公、事件的发展有着密切的联系。道具可能有着不同寻常的来历,可能掩藏着许多秘密,可能代表着一段感人的经历。在故事编创中,根据情节发展的需要,道具可以构成人物命运的伏笔,促成人物关系的转变等,往往对于整个故事的发展有着决定性的作用,并在很大程度上影响故事的结局。

除了上述提及的几点外,构成悬念的要素还有很多,比如,奇特的结尾、引人关注的话题、惊险的场面、恐怖的气氛,等等,这里就不一一详解了。

四、悬念的设置

我们在设置悬念的时候,要根据故事的情节、题材、结构,找出合适的构成要素,运用到作品中,以此来增强作品的可观度。常用的方法有以下几种。

一是倒叙法。打破时空顺序,把故事的结局或者最具有悬念的情节放在开头部分。如鲁迅的小说《祝福》,开头即是故事的结局——祥林嫂在一片祝福声中寂然死去,无人过问。祥林嫂的命运为何如此悲惨?她是怎样一步步走向绝路的?她又是一个什么样的人呢?这些悬念,支撑着读者的阅读兴趣,吸引着读者逐步看清封建礼教吃人的罪恶本质。

在实际的故事编创中,我们可以用倒叙的手法来设置悬念,通过一开始呈现故事的结尾,来吸引读者,让读者去思考这样一种故事的发展和结局会是什么样。也可以在故事的开始便将故事的结局设置好,这样还可以避免在考试中出现无法写出结局的尴尬境地。

二是疑问法。在叙述故事的过程中,编创者在故事的开头或者中间部分有意识地设置一些疑问,以此来激起读者的兴趣和思考,让读者能够带着疑问阅读下去。比如,南希·卡瓦诺《最大的奖励》中,作为一个中学里教汽车修理的老师,经常会接到帮忙修理车子的电话。一天,他接到一个电话,但那个人并不是要求他帮助修车。那么,读者就带着这样一个疑问来思考这个人打电话给这个汽修老师的目的是什么?他为什么会这样做?开头部分设置了这样一个悬念,让读者带着这个悬念继续阅读,并思考下文。

三是误会法。利用故事中人物之间的猜疑或者误会,不断推动情节的发展变化,最终解释原因。例如,《三国演义》中写刘备三顾茅庐,请诸葛亮出山。在没有见到诸葛亮之前,先后将诸葛亮的朋友崔州平、孟光威、石广元以及诸葛亮的弟弟诸葛均、岳父黄承彦误当作诸葛亮。这里即不厌其烦地在用误会法,通过一次次误会构成一个个悬念:诸葛亮究竟是个什么样的人?故事波澜起伏,读来妙趣横生。

四是巧合法。生活中,"无巧不成书",正是这些巧合的事情,造成了悬念,使生活充满了情趣。而利用生活中的巧合构思故事,就能使情节兴起波澜,取得引人入胜的艺术效果。在戏剧《罗密欧与朱丽叶》中,两家原本存在一种世仇关系,但是让两个年轻人却相爱了。人世间那么多人,却偏偏让两个本来就是世仇的男女相遇相爱。这就是一种巧合。

- 很多学生只要一提到悬念首先想到的就是侦探故事。考试中是不提倡考生编创侦探故事的,因为学生往往缺少足够的阅历能写出一个完整的侦探故事。但是,故事编创中,为了使故事情节迂回曲折、波澜起伏,考生可以在设置悬念后,先不急于解开"包袱",而是采用抑制或拖延的手法,将悬念保持到情节发展的高潮再消释疑问,从而造成读者预知后事的迫切心理。

- 悬念不宜设置太多。在考场上,进行故事编创时,我们只要根据故事中的人物、情节的发展,设置一个好的、大的悬念就行,如果是故事需要,最多再增加一个小的悬念。

- 注意"突转"的把握。当读者看一篇故事时,他们会产生各种期待与猜想,觉得故事的某一处情节会有变化,但是如果读者期待的事情平静地发生了,读者就又会觉得索然无味,欠缺新意。因此,在"释悬"时,作者需要突出故事的惊奇感,在必要之处把握"突转",让读者始终保持对故事的新鲜感。"突转"就是陡转、突变的意思。所谓"蓄势于前,突转于后","突转"往往在最后"包袱"抖开时采用,而"发现"则贯穿故事始末,是一个从无到有、积少成多的过程。

睡美人

戴长征

清丽、优美的芭蕾舞剧《睡美人》序曲奏响了。可是扮演公主奥罗拉的A角却突然"失踪"了。

"嘭",化妆间的小门开了,一名女演员朝回过头来的导演一耸肩:"找遍了,哪儿也没有。"导演阴沉着脸。心中紧扣着的一线希望也随着这声响给绷断了。突然,他的手指向了坐在一边的B角:"你上!"

B角激动地站直身,双手抚摸着短裙,眼里闪着倔强和自信的光。只见她,踮起脚尖,一个优雅的旋转,轻盈地提着舞裙,飘然来到台上……

导演余怒未息。A角有丰富的舞台经验,和扮演王子菲力浦的男A角又是老搭档,今天的汇报演出正是胜败定局的关键时刻,万一,万一B角腿一软……他不禁打了个冷战,不敢再往下想了。B角在追光下独舞。多么雍容的舞步,多么飘洒翩翩的舞姿,她巧妙地把音乐的颤动和灯光的光芒融会在一整套的芭蕾舞的语言里了……

……英俊的王子出现了,两人在月光如水的舞台上跳起了双人舞。导演紧张地眯起了眼。这是最令人担心的,B角和男A角是第一次同台演出。奇怪,导演的眼前B角分明已被爱情拥簇而起,漂浮在浪花之上,乘着白色双翼;她手臂的姿势犹如玫瑰花瓣的开放;她的双脚和着音乐在踩踏,犹如树叶飘然落地。她和男A角的搭档真是天衣无缝!

导演的拳头松开了,他暗暗惊讶,我平时怎么会没有发现呢?是由于她的倔强和顶撞？是由于她的执着、自信大于技巧？是由于我对女A角的偏爱所形成的偏见？还是……

……B角弯曲着双腿，柔软的身子在向地面上倾倒。……哀怨、激昂的主题乐如泣如诉在轻叩观众的心扉。一个个音符，飘坠在导演的心湖上，泛起圈圈涟漪。B角不是曾经要求和男A角搭档吗？而我却用A、B角这道坚固的厚墙将一对"情人"隔开，导演了一出"悲剧"。唉！

……醒了，奥罗拉醒了！安睡了一百年后，由于菲力浦纯真的爱情，她，死而复生了！而B角，这位现实生活中的"睡美人"，恰似许多沉睡着的美，她，春花怒放了！

"哗——"，忽然，剧场里响起了热烈的掌声。B角噙着泪，微笑着向观众躬身回礼；可是，她的目光在某一观众席上凝滞了——

A角正微笑着坐在那儿鼓着掌……

简析

《睡美人》的人物关系相对简单，主要是A角、B角以及导演三者之间。作者在故事的一开始便设置了A角"失踪"的悬念，使导演无奈而果断地做出了让B角上场的选择。这一悬念不仅巧妙地将从未担纲过主角的B角推到了故事的前台，而且有力地构建了读者的期待心理：在舞剧表演的关键时刻，A角到哪里去了呢？B角能胜任这场演出吗？读者和导演一样为B角担心。

作者继续制造悬念，推动故事情节向前发展。做出决定以后，导演其实并不放心，他一直忐忑不安，"A角有丰富的舞台经验，和扮演王子菲力浦的男A角又是老搭档，今天的汇报演出正是胜败定局的关键时刻，万一，万一B角腿一软……他不禁打了个冷战，不敢再往下想了"。因为第一次最容易出现差错，所以这时候读者也跟着导演一起紧张地看着演出。事实证明，B角的演出非常成功，"她和男A角的搭档真是天衣无缝"！导演惊讶地发现B角是一位很能干的演员，只是他以前没有从没有关注到，他不禁反思自己平时为什么没有发现B角的才华。而舞台上的B角，"这位现实生活中的'睡美人'，恰似许多沉睡着的美，她，春花怒放了！"

如果故事到这里就结束，那么这还是一个常见的临场救急的故事，然而故事在最后峰回路转，解开悬念，在真相大白的同时戛然而止："B角噙着泪，微笑着向观众躬身回礼；可是，她的目光在某一观众席上凝滞了——A角正微笑着坐在那儿鼓着掌……"原来A角是特意"失踪"，为B角的上台挑大梁创造了机会。于是，故事既出人意料，又引人思考，深化了主题内涵。既赞颂了A角在关键时刻牺牲自己成全他人的良好品质，又揭示了现实生活中存在的埋没人才的现象，而B角的倔强自信、执着敬业也给人留下了深刻的印象。

这篇故事篇幅短小，情节曲折有致，可以从不同人物的角度去品读作品的丰富意蕴，从而理解社会、人生。这篇作品将突发式悬念设置为故事的主要悬念，将期望式悬念和希氏悬念作为小的悬念穿插在故事当中，通过一系列的设悬和释悬过程，让读者始终关注人物和事件在故事中的发展，从而形成一波三折、扣人心弦的讲述效果。因此，在故事编创中，考生需要注意，全文可始终围绕着主人公的命运走向设置悬念，其中在故事的开头设置悬念很能够吸引读者的注意力。

第五节 冲 突

故事确定了核心主题、人物形象，也有了结构的安排和悬念的设埋后，还要考虑建构矛盾冲突，否则故事的情节就无法发展并达到高潮。在这一过程中，故事冲突是故事最主要的表现形式，同样也是构成故事情境的基础，是表现人物性格的重要手段，"没有冲突就没有戏剧"。那么，什么是冲突？在故事编创中应该怎样设置冲突？这些问题是本节所要讲述的主要内容。

一、冲突的定义

在尹均生主编的《中国写作学大辞典》中,是这样定义戏剧冲突的:生活矛盾在戏剧艺术中的反映,最能体现戏剧创作的基本特征。中国古代戏剧发展运动所体现出来的"戏始斗兵,广于斗力,而泛滥于斗智,极于斗口"的程序,无不具有冲突的内涵,因而产生"没有冲突就没有戏剧"的说法。

故事编创中,冲突就是要给主人公树立一个势均力敌的对立面,以千方百计地阻挠、干扰其达到目的。冲突就是要看双方的斗智斗勇,力量的此消彼长。冲突就是要看一对不可调和的矛盾演变激化至最高程度,然后以一个出其不意的漂亮方式收尾。

二、冲突的分类

人们常常把影视戏剧作品中的矛盾斗争称作冲突,由于人物之间的性格不同、追求的目的不同,所以展开的矛盾斗争也就不同,故而形成了冲突。巧妙合理地利用故事冲突,生动地表现出人与人之间的矛盾、人物内心的矛盾等,能够展现人物的性格,推动情节的跌宕起伏,进而揭示作品的主题。

1. 外部冲突

外部冲突是指某一人物与其他人物之间的冲突。因为人与人的性格差异性,身份、地位的差距,不同人物的目的、心理历程不同,造成了价值观、世界观和观念欲望的冲突。例如《大红灯笼高高挂》中,受过高等教育、对于爱情有着执着追求的颂莲,和没有任何学历、迂腐的整天做着太太梦的丫鬟雁儿之间的冲突。外部冲突是人物之间的冲突,它可以通过人物之间的语言、行为等来表现。

在篇幅短小的故事编创中,冲突必然是一篇故事的主要组成部分,它能够有力地推动情节发展,并导向一篇故事的高潮。因此,考生在设置故事冲突时,可以通过考虑表现人物之间的剑拔弩张、针锋相对的语言和行为,从中表现出人物之间思想观念的冲突。

2. 内部冲突

内部冲突就是表现人物自身的内心冲突、变化,其中有内心世界中理想与现实的冲突,正义与邪恶的冲突等。哈姆雷特是一个典型的具有内心冲突的角色,其在戏剧史上的魅力很大程度上都是依赖于这一形象内心冲突的丰富性。哈姆雷特的内心冲突是随着为父亲复仇的戏剧情节逐步展开并激化的,但是复仇的外在冲突又逐渐让位于内心冲突,从而揭示出其犹豫不决的本质特性。他追怀理想又对现实的丑恶感到失望甚至悲观,向往人性的善,又深信人自身有恶的渊源,想重整乾坤又因人性之恶的深重而感觉回天无力,觉得人生无意义又对死后世界充满恐惧等等,这一系列的内心冲突描写,显示出主人公心灵世界的丰富性、复杂性,又展现出其性格的丰富性、复杂性。

故事编创中的内部冲突,一般是通过人物自身的矛盾来体现的。这种矛盾可以是人物最初的目标和面临的目标之间的选择性矛盾,也可以是人物内心的自我矛盾。当然,在故事中,外部冲突与内部冲突其实是交织在一起的,往往由人物的外部冲突可以观照和分析到人物内心世界的斗争,因为人物的语言、行动等是人物复杂的内心活动的外在表现。

【案例导读】

雷雨(节选)
曹　禺

周朴园　(忽然立起)你是谁?

鲁侍萍　我是这儿四凤的妈,老爷。

周朴园　哦。

鲁侍萍　她现在老了,嫁给一个下等人,又生了个女孩,境况很不好。

周朴园　你知道她现在在哪儿?

鲁侍萍　我前几天还见着她!

周朴园　什么?她就在这儿?此地?

鲁侍萍　嗯,就在此地。

周朴园　哦!

鲁侍萍　鲁老爷,你想见一见她么?

周朴园　不,不,谢谢你。

鲁侍萍　她的命很苦。离开了周家,周家少爷就娶了一位有钱有门第的小姐。她一个单身人,无亲无故,带着一个孩子在外乡什么事都做,讨饭,缝衣服,当老妈,在学校里伺候人。

周朴园　她为什么不再找到周家?

鲁侍萍　大概她是不愿意吧?为着她自己的孩子,她嫁过两次。

周朴园　以后她又嫁过两次?

鲁侍萍　嗯,都是很下等的人。她遇人都很不如意,老爷想帮一帮她么?

周朴园　好,你先下去。让我想一想。

鲁侍萍　老爷,没有事了?(望着朴园,眼泪要涌出)老爷,您那雨衣,我怎么说?

周朴园　你去告诉四凤,叫她把我樟木箱子里那件旧雨衣拿出来,顺便把那箱子里的几件旧衬衣也拣出来。

鲁侍萍　旧衬衣?

周朴园　你告诉她在我那顶老的箱子里,纺绸的衬衣,没有领子的。

鲁侍萍　老爷那种纺绸衬衣不是一共有五件?您要哪一件?

周朴园　要哪一件?

鲁侍萍　不是有一件,在右袖襟上有个烧破的窟窿,后来用丝线绣成一朵梅花补上的?还有一件,——

周朴园　(惊愕)梅花?

鲁侍萍　还有一件绸衬衣,左袖襟也绣着一朵梅花,旁边还绣着一个萍字。还有一件,——

周朴园　(徐徐立起)哦,你,你,你是——

鲁侍萍　我是从前伺候过老爷的下人。

周朴园　哦,侍萍!(低声)怎么,是你?

鲁侍萍　你自然想不到,侍萍的相貌有一天也会老得连你都不认识了。

周朴园　你——侍萍?(不觉地望望柜上的相片,又望鲁妈)

鲁侍萍　朴园,你找侍萍么?侍萍在这儿。

周朴园　(忽然严厉地)你来干什么?

鲁侍萍　不是我要来的。

周朴园　谁指使你来的?

鲁侍萍　(悲愤)命!不公平的命指使我来的。

周朴园　(冷冷地)三十年的工夫你还是找到这儿来了。

鲁侍萍　(愤怨)我没有找你,我没有找你,我以为你早死了。我今天没想到到这儿来,这是天要我在这儿又碰见你。

周朴园　你可以冷静点。现在你我都是有子女的人,如果你觉得心里有委屈,这么大年纪,我们先可以不必哭哭啼啼的。

鲁侍萍　哭?哼,我的眼泪早哭干了,我没有委屈,我有的是恨,是悔,是三十年一天一天我自己受的苦。你大概已经忘了你做的事了!三十年前,过年三十的晚上我生下你的第二个儿子才三天,你为了要赶紧娶那位有钱、有门第的小姐,你们逼着我冒着大雪出去,要我离开你们周家的门。

周朴园　从前的恩怨,过了几十年,又何必再提呢?

鲁侍萍　那是因为周大少爷一帆风顺,现在也是社会上的好人物。可是自从我被你们家赶出来以后,我没有死成,我把我的母亲可给气死了,我亲生的两个孩子你们家里逼着我留在你们家里。

周朴园　你的第二个孩子你不是已经抱走了么?

鲁侍萍　那是你们老太太看着孩子快死了,才叫我抱走的。(自语)哦,天哪，我觉得我像在做梦。

周朴园　我看过去的事不必再提起来吧。

鲁侍萍　我要提，我要提，我闷了三十年了！你结了婚，就搬了家，我以为这一辈子也见不着你了；谁知道我自己的孩子个个命定要跑到周家来，又做我从前在你们家做过的事。

周朴园　怪不得四凤这样像你。

鲁侍萍　我伺候你，我的孩子再伺候你生的少爷们。这是我的报应，我的报应。

周朴园　你静一静。把脑子放清醒点。你不要以为我的心是死了，你以为一个人做了一件于心不忍的事就会忘了么？你看这些家具都是你从前顶喜欢的东西，多少年我总是留着，为着纪念你。

鲁侍萍　（低头）哦。

周朴园　你的生日——四月十八——每年我总记得。一切都照着你是正式嫁过周家的人看，甚至于你因为生萍儿，受了病，总要关窗户，这些习惯我都保留着，为的是不忘你，弥补我的罪过。

鲁侍萍　（叹一口气）现在我们都是上了年纪的人，这些傻话请你不必说了。

周朴园　那更好了。那么我们可以明明白白地谈一谈。

鲁侍萍　不过我觉得没有什么可谈的。

周朴园　话很多。我看你的性情好像没有大改，——鲁贵像是个很不老实的人。

鲁侍萍　你不明白。他永远不会知道的。

周朴园　那双方面都好。再有，我要问你的，你自己带走的儿子在哪儿？

鲁侍萍　他在你的矿上做工。

周朴园　我问，他现在在哪儿？

鲁侍萍　就在门房等着见你呢。

周朴园　什么？鲁大海？他！我的儿子？

鲁侍萍　他的脚趾头因为你的不小心，现在还是少一个的。

周朴园　(冷笑)这么说，我自己的骨肉在矿上鼓励罢工，反对我！

鲁侍萍　他跟你现在完完全全是两样的人。

周朴园　(沉静)他还是我的儿子。

鲁侍萍　你不要以为他还会认你做父亲。

周朴园　(忽然)好！痛痛快快地！你现在要多少钱吧？

鲁侍萍　什么？

周朴园　留着你养老。

鲁侍萍　(苦笑)哼，你还以为我是故意来敲诈你，才来的么？

周朴园　也好，我们暂且不提这一层。那么，我先说我的意思。你听着，鲁贵我现在要辞退的，四凤也要回家。不过——

鲁侍萍　你不要怕，你以为我会用这种关系来敲诈你么？你放心，我不会的。大后天我就会带四凤回到我原来的地方。这是一场梦，这地方我绝对不会再住下去。

周朴园　好得很，那么一切路费，用费，都归我担负。

鲁侍萍　什么？

周朴园　这于我的心也安一点。

鲁侍萍　你？(笑)三十年我一个人都过了，现在我反而要你的钱？

周朴园　好，好，好，那么你现在要什么？

鲁侍萍　(停一停)我，我要点东西。

周朴园　什么？说吧？

鲁侍萍　(泪满眼)我——我只要见见我的萍儿。

周朴园　你想见他？

鲁侍萍　嗯，他在哪儿？

周朴园　他现在在楼上陪着他的母亲看病。我叫他，他就可以下来见你。

不过是——

鲁侍萍　不过是什么?

周朴园　他很大了。

鲁侍萍　(追忆)他大概是二十八了吧?我记得他比大海只大一岁。

周朴园　并且他以为他母亲早就死了的。

鲁侍萍　哦,你以为我会哭哭啼啼地叫他认母亲么?我不会那么傻的。我难道不知道这样的母亲只给自己的儿子丢人么?我明白他的地位,他的教育,不容他承认这样的母亲。这些年我也学乖了,我只想看看他,他究竟是我生的孩子。你不要怕,我就是告诉他,白白地增加他的烦恼,他自己也不愿意认我的。

周朴园　那么,我们就这样解决了。我叫他下来,你看一看他,以后鲁家的人永远不许再到周家来。

鲁侍萍　好,我希望这一生不至于再见你。

周朴园　(由衣内取出皮夹的支票签好)很好,这一张五千块钱的支票,你可以先拿去用。算是弥补我一点罪过。

鲁侍萍　(接过支票)谢谢你。(慢慢撕碎支票)

简析

这一幕剧是整个戏剧的重要组成部分,也是对鲁侍萍和周朴园两人感情前史的一个回忆的过程,更是对两人情感的一个追忆,也是对两人冲突的一个详细解释。在这一个段落中既通过人物之间的对话,表现了人物之间的外部冲突,又展现了人物的内部冲突。鲁侍萍不愿意自己的女儿到大户人家当丫头,对周家有着很深的怨恨,又在谈话间引导周朴园认出自己,这是为什么呢?是为了钱吗?的确,她过得不如意,需要钱。但不,她不是为了钱,五千大洋的银票都被鲁侍萍随手撕碎。周朴园对过去的鲁侍萍一直惦记,可是当真正的鲁侍萍出现在周朴园面前,他却又冷静了下来。这是为什么呢?两人之间激烈紧张的矛盾冲突都在吸引着读者去思考周、鲁两人之间的情感关系。当读者明白了周朴园和鲁侍萍两个人的过去之后，会重新颠覆对作品的最初理解，原来周朴园想念的只是记忆中的鲁侍萍，当真正面对曾经的"梅家小姐"时，他自私冷酷的性格就表现出来了。这就是冲突的魅力所在。好的作品很多时候不能仅阅读一遍，很多作品成为千古名著，就是因为作品信息量巨大且错综复杂，而也正是这些复杂的信息让后来的读者不断去研究其中的况味。

需要说明的是，在实际的故事编创中，考生设置内部冲突，表现人物的内心斗争，可以设置人物在面对现实环境和自身需求矛盾时的冲突，比如，忠孝两难全的情况、爱情与友情的选择，等等。

三、冲突的特征

1. 直接激烈

在戏剧作品中，必须高度概括生活中的矛盾和斗争，这就决定了戏剧的矛盾冲突的尖锐和激烈。由于矛盾双方都有很大的冲击力，冲突在最后一刻爆发时才引起了最强烈的反应。

《罗密欧与朱丽叶》中，罗密欧与朱丽叶的爱情那么轰轰烈烈，但是他们两个的家族仇恨又是那么不可逾越，当爱情与仇恨在两位主人公之间发生猛烈的碰撞时，其中蕴含的力量和故事的吸引力自然不言而喻。在故事编创中，由于故事篇幅短小，情节必须高度浓缩，这就要求写作者要善于在特定的时空内营造强烈的戏剧冲突，吸引读者对故事中的人物命运产生急切的关注，推动情节的迅速发展，使作品具有戏剧化的审美效果。

例如，欧·亨利的《二十年以后》中，讲述了两位儿时最好的朋友，约定二十年之后再见面的故事。二十年后，两个人同时来到了曾经相约的地点，但事情却发生了出乎意料的变化，也就是整个故事矛盾冲突最激烈的地方：曾经最好的朋友，变成了最直接的敌人。"二十年时间虽然不短，但它不足以使一个人变得容貌全非。……然而,二十年的时间却有可能使一个好人变成坏人。"一个是罪犯,一个则是抓捕罪犯的警察,两个人之间身份的转变,情与法艰难抉择的矛盾冲突,将整个故事推向了高潮。

2. 高度集中

我们需要明白的是,在艺考中,编创的故事篇幅不可以过大,这就要求故事的主题相对集中、人物关系集中、矛盾冲突也集中。因为在考场中你所拥有的时间是有限的,必须在有限的时间和有限的字数内讲清楚故事的矛盾冲突。所以,考生需要注意的是,不要把戏剧故事构思得过于复杂,一个故事设置一对主要矛盾即可,而且要明确、集中,从开头到结尾贯穿故事始终,不要随意横生枝节。在人物关系的设置上,要尽量简练、集中,把戏剧冲突都集中在两个人物的身上,并且人物之间是矛盾对立的关系,给他们不断制造误会、制造冲突,从而推动情节的发展。

《二十年以后》中,矛盾冲突点一直贯穿在故事的始终。好朋友相认中的曲折,构成了他们两个人之间的矛盾冲突,因为他们两人一个是警察,一个是罪犯。整个故事只出现了三个人物,但矛盾的集中点便是在这两个主人公的约定和两个人性质的变化上。

3. 紧张迅速

戏剧冲突必须是扣人心弦、波澜起伏的,能使得读者一直处于紧张和期待之中。在现实生活中,矛盾冲突的进展一般需要有一个相当长的酝酿过程,而戏剧冲突则不同,必须比生活矛盾更为集中,因此进展也更为紧张、迅速。

如《二十年以后》,在故事的一开始,鲍勃在约定的地点等来的是警察,后来又出现一个假的吉米,直到最后真的吉米出现,情节进展紧张而迅速。鲍勃到底能不能见到吉米,这个吉米到底是真的还是假的,到最后揭开吉米原来是抓捕鲍勃的警察的真相,这样一环与一环的相互关联,使得整个故事始终处在跌宕起伏的冲突之中。

【案例导读】

二十年以后

[美国] 欧·亨利

纽约的一条大街上,一位值勤的警察正沿街走着。一阵冷飕飕的风向他迎面吹来。已近夜间10点,街上的人寥寥无几了。

在一家小店铺的门口,昏暗的灯光下站着一个男子,他的嘴里叼着一支没有点燃的雪茄烟。警察放慢了脚步,认真地看了他一眼,然后,向那个男子走了过去。

"这儿没有出什么事,警官先生。"看见警察向自己走来,那个男子很快地说,"我只是在这儿等一位朋友罢了。"

男子划了根火柴,点燃了叼在嘴上的雪茄。借着火柴的亮光,警察发现这个男子脸色苍白,右眼角附近有一块小小的白色的伤疤。

"这是二十年前定下的一个约会。如果有兴致听的话,我来给你讲讲。大约二十年前,这儿,这个店铺现在所占的地方,原来是一家餐馆……"男子继续说,"我和吉米·维尔斯在这儿的餐馆共进晚餐。哦,吉米是我最要好的朋友。我俩都是在纽约这个城市里长大的。从小我们就亲密无间,情同手足。当时,我正准备第二天早上就动身到西部去谋生。那天夜晚临分手的时候,我俩约定:二十年后的同一日期、同一时间,我俩将来到这里再次相会。"

"你在西部混得不错吧?"警察问道。

"当然啰!吉米的光景要是能赶上我的一半就好了。啊,实在不容易啊!这些年来,我一直不得不东奔西跑……"

又是一阵冷飕飕的风穿街而过,接着,一片沉寂。他俩谁也没有说话。过了一会儿,警察准备离开这里。

"我得走了,"他对那个男子说,"我希望你的朋友很快就会到来。假如他不准时赶来,你会离开这儿吗?"

"不会的。我起码要再等他半个小时。如果吉米他还活在人间,他到时候

第三章　故事的编创元素

一定会来到这儿的。就说这些吧,再见,警察先生。"

"再见,先生。"警察一边说着,一边沿街走去,街上已经没有行人了,空荡荡的。

男子又在这店铺的门前等了大约二十分钟的光景,这时候,一个身材高大的人急匆匆地径直走来。他穿着一件黑色的大衣,衣领向上翻着,盖到耳朵。

"你是鲍勃吗?"来人问道。

"你是吉米·维尔斯?"站在门口的男子大声地说,显然,他很激动。

来人握住了男子的双手。"不错,你是鲍勃。我早就确信我会在这儿见到你的。啧,啧,啧!二十年是个不短的时间啊!你看,鲍勃!原来的那个饭馆已经不在啦!要是它没有被拆除,我们再一块儿在这里面共进晚餐该多好啊!鲍勃,你在西部的情况怎么样?"

"哦,我已经设法获得了我所需要的一切东西。你的变化不小啊,吉米,你在纽约混得不错吧?"

"一般,一般。我在市政府的一个部门里上班,坐办公室。来,鲍勃,咱们去转转,找个地方好好叙叙往事。"

这条街的街角处有一家大商店。尽管时间已经不早了,商店里的灯还在亮着。来到亮处以后,这两个人都不约而同地转过身来看了看对方的脸。

突然间,那个从西部来的男子停住了脚步。

"你不是吉米·维尔斯。"他说,"二十年的时间虽然不短,但它不足以使一个人变得容貌全非。"从他说话的声调中可以听出,他在怀疑对方。

"然而,二十年的时间却有可能使一个好人变成坏人。"高个子说,"你被捕了,鲍勃。在我们还没有去警察局之前,先给你看一张条子,是你的朋友写给你的。"

鲍勃接过便条。读着读着,他微微地颤抖起来。便条上写着:

"鲍勃:刚才我准时赶到了我们的约会地点。当你划着火柴点烟时,我发现你正是那个芝加哥警方所通缉的人。不知怎么的,我不忍自己亲自逮捕你,只得找了个便衣警察来做这件事。"

欧·亨利的《二十年以后》中,讲述了两位儿时好友,约定二十年之后再见面的故事。二十年后,两个人同时来到了曾经相约的地点,但事情却发生了出乎意料的变化,也就是整个故事矛盾冲突最激烈的地方:曾经最好的朋友,变成了最直接的敌人。"二十年时间虽然不短,但它不足以使一个人变得容貌全非。然而,二十年的时间却有可能使一个好人变成坏人。"每一次即将要相认却又无法相认的原因,构成了两个人之间的矛盾冲突,矛盾的集中点便是在两个主人公的约定和两个人的性质的变化上。一个是罪犯,一个则是抓捕罪犯的警察,两个人之间身份的转变,情与法艰难抉择的冲突,将整个故事推向了高潮。

四、冲突的构建

冲突是构成作品戏剧性的重要因素之一。戏剧冲突的构建以观众审美欣赏心理为基础,这是叙事审美的根本出发点。在戏剧《西厢记》中,戏剧冲突是从青年男女不期而遇,到后来的喜结良缘,从矛盾的提出,到矛盾的解决,首尾呼应,成为一个整体。在这里有突然的转折,有危机感、有和谐,一浪未平一波又起。时而趁水送舟,时而翻空出奇,或直或曲,或顺或逆。戏剧氛围随着戏剧冲突的变化而变化,有时幽婉,有时炽热。观众的情绪也跟着起伏跌宕,为主人公担忧、喜悦,又为他们焦虑。戏剧冲突的节奏感十分鲜明,转换、衔接得异常紧凑。通过戏剧冲突的精心组织和安排,作品获得了吸引人的艺术力量。

（一）构建方法

1. 制造意外事件

意外事件是指在正常事件发生的过程中出现的意想不到的事件。所以在这一事件中和此相关联的人和事都会发生改变。在这种改变的过程中，也一定会有反对的声音，所以自然产生了矛盾冲突。

比如，《水浒传》里的林冲，原是八十万禁军教头，过着安稳富足的日子。不料，祸从天降，林冲的妻子被高俅儿子高衙内看中，这个意外事件的发生完全改变了他以后的人生轨迹，这才有了之后的一系列矛盾冲突，形成了发配沧州、鲁智深野猪林相救、火烧山神庙、夜奔梁山泊等经典故事情节。

在故事编创中，制造意外事件可以尝试在故事的前四分之一处，这是故事的转折部分，整个故事能够向不同的方向发展主要就是依靠这一转折。

2. 偶然与巧合引起冲突

"无巧不成书"，巧合就是一种常见的因素。将巧合埋伏在故事中，可以使得冲突在爆发的时候更加激烈，以此将整个故事推向高潮。

莎士比亚的《罗密欧与朱丽叶》中，一对真心相爱的情侣，竟然是分属于两个互相仇杀的家族，这是一种巧合。而一连串偶然事件的发生：鼠疫的发生，送信人被阻于城门外，长老的信未能及时送到罗密欧手中，罗密欧误以为朱丽叶真的殉情而亡……在这些偶然事件的推动下，最终造成了无可挽回的悲剧，而故事的戏剧冲突也在这一刻达到了高潮。

3. 误会产生碰撞

"误会"在生活中司空见惯，在文学创作中，更是一种惯用的手法。通过一次次的误会，逐渐揭示事件的真相，使故事明朗化，从而推动着情节的步步发展。误会法往往能造成故事的悬念，使情节变得生动、有趣，这在古今中外许多喜剧名著中都不乏实例，比如，李渔的《风筝误》、王实甫的《西厢记》、莎士比亚的《第十二夜》等。

因此,在故事编创中,我们应当明确,一个故事常常是通过一个冲突的产生、发展和解决而得到完善的。冲突有助于推动情节的发展,进而能够完整地表现人物性格,体现主题思想。我们可以通过创设意外事件,运用误会法、巧合法等构建矛盾冲突。

(二) 构建步骤

1. 设计故事发生的情境

故事发生的情境是戏剧冲突爆发的空间环境。一般在故事的开头来铺设。

比如,故事《旅游纪念品》的开篇:

在山腰上,有一座瞭望台。在这儿放眼远眺,可以看到很远很远,既能看到连绵起伏、郁郁葱葱的森林,又能看到那些弯弯曲曲的河流和繁荣的小村庄,还有那辽阔的碧绿的平原。

在瞭望台的附近有一家小小的旅馆。有一天,店老板又不失时机地向游客推销当地的商品:"看这些,你不买点纪念品吗?明信片或是木雕的人像……"

这篇故事的开头不到100字,但信息量却是很丰富的,对故事的时空背景、人物关系、事件起因都有所涉及,并且点明了矛盾所在。这样一来,读者就会产生强烈的探究欲望——店老板向游客推销旅游纪念品能够成功吗?

2. 构思故事冲突起点

设置故事的矛盾冲突,需要注意以下几点:首先,要有利于表现故事的主题,最好能选取比较独特的视角;其次,人物之间要是一种对立的冲突关系;再次,要为主要人物的行为设置层层的障碍。

我们再以《旅游纪念品》为例,看看作者是如何构思的:

"哦,谢谢。我想我不需要,我从来就不买什么土特产或纪念品之类的东西。这些小玩意儿在街上到处都能买到。有名的东西也可以用钱随时买到。"

"你是这样认为的吗?你真的不想买些什么?"

"不,我只想好好享受这些令人心旷神怡的风景,那会使心灵得到美的享受。"客人固执地说。

"也是,这样也对。那么,请到森林里去散散步如何?像这样枝叶繁茂的森林并不多见。"

"是吗?谢谢您的指点。"

在故事的开端,店老板向游客推销旅游纪念品的行为失败了,于是他没有再继续推销自己的产品,这与正常情况下的卖旅游纪念品老板形成了根本的区别。所以在这里给读者留下了疑问:游客没有买纪念品,店老板还能很友好地推荐游客到森林里自由地散步?店老板怎么能够卖出自己的旅游产品呢?

3. 保持故事冲突的延续

好的故事作品是会故布疑阵,吊吊读者胃口的。只有冲突充分展开,才能使参与冲突的各色人物的情感、性格不断发生碰撞,使事件向纵深发展。

游客真的去了那个森林。确实,这儿幽静得很,景色也很美。可是,不久他的好心情就消失得无影无踪了。因为突然蹿出一头十足的野兽——熊!

……他拼命地反抗,不顾一切地奋勇和黑熊搏斗着。不管怎么样,他没有成为野兽的美餐。

在《旅游纪念品》故事中,这是故事的第二个冲突,游客与熊的搏斗。在整个过程中,读者一直都在思考着游客与熊搏斗过程中的命运走向是什么,游客回到旅游纪念品店故事就结束了吗?下面还会有什么样的事情出现呢?故事也始终保持着冲突的紧张,连环设疑,层层推进,一波未平,一波又起,不断出现峰回路转的新境界。

4. 处理故事冲突的结尾

处理故事的结尾,要找到解决冲突的正确途径:首先,故事的结尾符合整个事件发展的逻辑,是一种必然的结果;其次,人物的行为符合其性格发展的特点,不能是性情大变的突转;再次,结尾最好要有升华,能够向深层开掘。

再来看《旅游纪念品》这一故事:

游客没命似的跑回旅馆,喘着粗气说:"我遇上了可怕的事情。我刚才遇上了一头黑熊……"

可是,店老板的回答却出人意料之外:"哦,这没什么了不起。我把您刚才那激动人心的浴血奋战的场面摄入了八毫米的电影胶卷。你愿意购买吗?不知道你愿意出多少钱来买呢?"

……

这样的结尾是整个故事最精彩的升华阶段,也将两个人物之间的冲突推向了高潮,在这里高潮和升华合二为一。原来前面所有的冲突都是旅游纪念品店老板的精心策划,游客最后还是买下了旅游纪念品。

这里,我们大概简述了戏剧冲突的概念、特点、方法以及步骤,考生可以从中借鉴,在以后的创作中学会铺陈矛盾,构思冲突,写出更多充满张力的故事佳作。

【案例导读】

旅游纪念品

[日本]星新一

在山腰上,有一座瞭望台。在这儿放眼远眺,可以看到很远很远,既能看到连绵起伏、郁郁葱葱的森林,又能看到那些弯弯曲曲的河流和繁荣的小村庄,还有那辽阔的碧绿的平原。

在瞭望台的附近有一家小小的旅馆。有一天。店老板又不失时机地向游客推销当地的商品:"看这些,你不买点纪念品吗?明信片或是木雕的人像……"

"哦,谢谢。我想我不需要,我从来就不买什么土特产或纪念品之类的东西。这些小玩意儿在街上到处都能买到。有名的东西也可以用钱随时买到。"

"你是这样认为的吗?你真的不想买些什么?"

"不,我只想好好享受这些令人心旷神怡的风景,那会使心灵得到美的享受。"客人固执地说。

"也是,这样也对。那么,请到森林里去散散步如何?像这样枝叶繁茂的森林并不多见。""是吗?谢谢您的指点。"

游客真的去了那个森林。确实,这儿幽静得很,景色也很美。可是,不久他的好心情就消失得无影无踪了。因为突然蹿出一头十足的野兽——熊!

他很想马上逃跑,但由于过分惊慌和恐怖,他已不能走半步了。直到黑熊气势汹汹地扑上来时,他才手忙脚乱地抵抗起来。他拼命地反抗,不顾一切地奋勇和黑熊搏斗着。不管怎么样。他没有成为野兽的美餐。

游客没命似的跑回旅馆,喘着粗气说:"我遇上了可怕的事情。我刚才遇上了一头黑熊……"

可是,店老板的回答却出人意料之外:"哦,这没什么了不起。我把您刚才那激动人心的浴血奋战的场面摄入了八毫米的电影胶卷。你愿意购买吗?不知道你愿意出多少钱来买呢?"

"什么?啊,原来这是圈套呀!那只熊是人扮的……"

游客非常气愤,但转念一想:把这电影胶卷放映给邻居的孩子们和相识的姑娘看的话,也许确实是个不错的念头。刚才的场景非常逼真,别人应该看不出破绽吧。

所以,他重新做了一个决定:"好吧,也许有些贵,但是我还是决定买下它。你真是个会做生意的家伙!"

简析

故事开头,对故事的时空背景、人物关系、事件起因都有所涉及,并且点明了矛盾所在,使读者产生强烈的探究欲望——店老板向游客推销旅游纪念品能够成功吗？接下来，店老板并没有继续向游客推销旅游纪念品，又给读者留下了疑问，店老板怎么能够卖出自己的旅游产品呢？由此带来了故事的主要冲突——游客与熊的搏斗，在整个过程中读者一直都在思考着游客与熊搏斗过程中的命运走向是什么。故事层层推进，一波未平，一波又起，不断峰回路转。直到结尾，也是整个故事最精彩的升华阶段，将两个人物之间的冲突推向了高潮。原来前面所有的冲突，都是旅游纪念品店老板的精心策划。

（三）构建戏剧冲突的注意事项

其一，有一个明确的主旨，即想要表达的思想或目标。

其二，确定一个连贯事件的发生、发展契机。

其三，依据人物性格和感情本身的力量，展开事件，向作者欲表达的主旨前进的戏剧冲突。

其四，戏剧冲突是一个逐渐升级的过程。在故事的开始要设计一个能够吸引观众、读者的冲突，也就是我们通常说的进戏要快。因为这个冲突的出现而引发了一个很大的问题，较快地提出故事的主要矛盾并预示其可能发展的方向，从而引起读者的兴趣和注意力。在解决这个问题的时候，各式各样的矛盾不停地涌现，从而呈现出叠加式的、逐渐升级的冲突。

其五，给主人公树立一个势均力敌的反对方，不停地阻挠主人公达到他的目的。我们说，故事进戏要快，做戏则要慢，要给矛盾冲突一个互相角力、斗争的回旋余地，不能一下子就把问题解决了，把冲突释放了。好的故事会故布疑阵，吊起读者胃口。只有冲突充分展开，才能使参与冲突的人物情感、性格不断发展碰撞，使事件向纵深发展。

因此，考生对故事一定要有控制，不能让它一泻千里，而是要让冲突的力量在一点一点的叙述中慢慢地累积，双方抵触、退让、妥协、反扑，使得情节发展迂回曲折、波澜起伏，直至将矛盾冲突推向顶峰。最后，还要有一个意料之外、情理之中的结尾。

• 应避免把故事情节推进的速度等同于生活中事件的发展速度,讲述得面面俱到,没有重点。

• 应避免故事过于松散没有冲突点,也没有冲突点。在考场上,部分考生进行故事编创时,对时间缺少足够的把握,缺少耐心,不能仔细地规划自己的故事中的冲突,故事缺少了冲突点,便没有了高潮部分。

• 考官在批阅故事的时候,一方面是从一个读者的角度阅读考生的故事,另外一个方面也是批改者,他们的思路总是想着如何能够超越你的情节而发展的。所以考生切忌在一个点上不停地兜兜转转,要在情节上比考官走得快,利用戏剧冲突抓人眼球,带着考官读完你的故事。

平　行

苏扬是一名交警,他平时的主要任务是在一条破旧不堪的边境公路上巡逻。同事们都羡慕苏扬的工作轻松,但他是有苦说不出。由于辖区地处边境,没有汽车修理站,所以过路的车辆一旦出了故障,只能打电话求助交警。这时苏扬就必须开着局里的那辆拖车,花费很大的精力将故障车辆拖到远在市中心的修理站。

好在这个月底辖区附近开张了一家汽车修理铺,苏扬感觉肩上的工作轻松了不少。但没过多久新麻烦又找上了苏扬:局里总是接到投诉电话,说苏扬与汽车修理铺的老板勾结,欺诈车主。局里的领导很重视这件事,可是车主拿不出证据,让他们很为难,为此他们还专门去找了汽修店的华子。华子强调收费过高这跟苏扬一点关系都没有。之后他还解释,往这个荒无人烟的地方运送汽车零件成本较高,以及久居这鸟不拉屎的地方对他的精神也有很大的伤害,自然会把人工费收得很高。一个愿打一个愿挨的事,局里领导觉得收费归工商局管,跟自己扯不上关系,只好作罢。

苏扬最近脸色不是很好,很多同事都替他打抱不平,当着他的面骂那些车主不识好人心。苏扬并没有把这些举报当回事,他愁眉不展完全是因为妻子的手术费还没有凑齐,他心里清楚,要想治愈妻子的病,手术越早做越好。

华子是苏扬的发小,汽修学校毕业后已在家闲散了几个月。前段时间他约苏扬去夜市吃大排档。等餐的间隙,哥俩你一杯,我一杯地喝着啤酒,苏扬无意中瞧见窗外半空中的一组电线。他盯着那组电线若有所思,突然想到了什么。

稍后他对华子说:"你看那组平行的电线。"

华子把头转向窗外,说,"我看到了,怎么了?"

苏扬像是很认真,他犹豫片刻还是开了口:"一条线会有无数条与之平行的线。平行也就意味着它们不会有任何交集。"

华子很疑惑地盯着苏扬,他不懂苏扬在说什么。苏扬示意华子凑近一点,然后在他耳边悄悄说了很长的一番话。听完后华子很震惊,但想到苏扬生病的妻子,他理解了苏扬的这番设想。只是华子还在犹豫,苏扬宽慰他说,"我懂法律,这法律就是一条线,只要与这条线保持一个平行距离,自然不会与法律扯上瓜葛。"

华子又扭头看看半空中那组平行的电线,心里想两根电线只要没有交集就不会短路。最后他还是决定与苏扬一起实施这个突然闪现的"灵感",毕竟他也没找到像样的工作。

没过多久在这条破旧不堪的边境公路旁开张了一家汽车修理铺。苏扬每天傍晚驱车巡逻到最低限速路段时,他总会打开车窗往外面扔些东西,他心里清楚这是车辆在发生"意外"时相对安全的路段。第二天一早局里准会接到求助电话,苏扬就将爆胎的车辆拖到华子的汽车修理铺。一番简单的补胎,收价200元。华子事先将价格告诉车主,觉得合理就补,不合理可以另寻他处。荒无人烟的边境,明知是黑店,车主也只能任宰。过后有人气不过自然会拨电话举报。

今天又有一个"冤大头",苏扬把一辆全新的蓝色斯柯达拖到了华子的汽车修理铺。补过胎,华子伸出两个指头。可这冤大头只肯付20元,嘴里还嘟嘟囔囔地把抱怨都撒到苏扬身上,说苏扬肯定是收了黑钱,不然怎么会把他的车拖到这种黑店。苏扬一怒之下撕扯着冤大头的衣领说,"今天这钱你给也得给,不给也得给!我就是吃了黑钱怎么着?可惜你没证据!"冤大头见状只好乖乖付钱走人。

冤大头再次将车驶上公路,车子已经远离了修理铺,他从袖口里拿出了录音笔。原来他是《南江晚报》的记者,接到群众的举报,奉命来查清边境修车铺的猫腻。此刻苏扬和华子正沉浸在他们编织的平行世界里,但一张法律的网正向他们收紧。

简析

在这篇故事里,冲突是通过层层叠加的方式构建的。这里的冲突有苏扬工作的冲突,修车司机和华子的冲突,还有苏扬和华子的冲突,但是最大的冲突还是因为苏扬家里妻子重病,手术费还没有凑齐,苏扬内心挣扎后动了歪脑筋,怂恿华子一起铤而走险,进而有了这篇故事中的核心冲突,即行为规范和法律之间的冲突。

根据冲突的分类,这里的冲突可以分为内部冲突和外部冲突。其中内部冲突包含了苏扬在面对妻子的重病与法律的规定时,而导致的内部冲突。所以考生在实际的编创中,要能够将人物处在一个内在矛盾的心理之中。

在这个故事中,冲突直接激烈,主要表现在过路人修车时与华子的冲突,因为是直接的金钱关系。但背后也隐含了更大的悬念和冲突。首先,因为苏扬是交通警察,所以有了这个巡逻的机会;其次,也因为苏扬妻子重病,苏扬才想出了谋财之路,并与华子联合,做出了违反法律的事情,从而违背了他作为一个交通警察的职业要求,走向了犯法的深渊。

这一章是故事编创学习的主要部分,主题、人物、结构、悬念和冲突是故事编创的五个重要元素。一篇故事若想获得高分,就要把这五个元素有机组合,从而使故事主线突出、层次清晰、张弛有度、有头有尾、整体和谐。

第四章

CHAPTER FOUR

故事的谋篇布局

在掌握故事的编创元素后,我们要做的即是将这些元素进行整合。如果将故事的元素比作做菜的食材,那么作为掌勺者,故事的谋篇布局就是厨师的操作过程。本章中,我们从故事的开头、主体、结尾着手,关注组成故事的这三个重要部分。考生在学习完本章的内容之后,在对各个部分创作要求有一定掌握的基础上学会编创故事。

第一节　故事开头

高尔基《论写作》谈及文章开篇:"开头第一句是最困难的,好像在音乐里定调一样,往往要费很长时间才能找到它。开头好比引路:引对了,走下去就顺顺当当;引错了,就费周折了。"故事开头的创作十分重要,能否让读者"一见钟情",是吸引读者继续往下看的关键。

一、常见的故事开头方式

1. 开门见山

这类开头或直接点明题旨,或切入中心内容,简练而明确。例如:

对爱情的渴望,对知识的追求,对人类苦难不可遏制的同情,是支配我一生的单纯而强烈的三种感情。这些感情如阵阵飓风,吹拂在我动荡不定的生涯中,有时甚至吹过深沉痛苦的海洋,直抵绝望的边缘。

——罗素《我为何而生》

2. 倒置悬念

通过倒叙设置悬念,事情发生了,但并未告知具体原因。例如:

我母亲在她那风华正茂的年龄就逝世了。她死时大约三十岁。她的一生短促而痛苦。

——阿格农《在她风华正茂之年》

1801年,我刚刚拜访过我的房东回来——就是那个将要给我惹麻烦的孤独的邻居。

——艾米莉·勃朗特《呼啸山庄》

3. 提出问题

在故事开篇提出问题,引导读者跟着作者写作思路一起寻找答案。例如:

那最初的地方在哪里?就是那最初的一个?因为那最初的地方,不需任何证明,是橘黄色的。完全是橘黄色。橘黄橘黄的。很浓的橘黄色。完完全全。

——萨伊兹哈尔《米克达莫特》

4. 制造荒诞

以平淡、漠然且有悖常理的语调讲述,往往异于现实,不合逻辑,使小说开头笼罩着反讽、荒诞的色彩。如:

一天早晨,格里高尔·萨姆沙从不安的睡梦中醒来,发现自己躺在床上变成了一只巨大的甲虫。

——卡夫卡《变形记》

5. 设置困境

在故事开头设置困境,吸引读者关注主角命运发展。例如:

我陷于极大的窘境:我必须立刻启程到十里之外的一个村子看望一位重病患者,但狂风大雪阻塞了我与他之间的茫茫原野。我有一辆马车,轻便、大轮子,很适合在我们的乡间道路上行驶。我穿上皮大衣,提上出诊包,站在院子里准备启程。但是,没有马。马没有啦。我自己的马在昨天严寒的冬夜里劳累过度而死了。

——卡夫卡《乡村医生》

6. 情节反转

先写境遇,待读者有了阅读流畅感时,然后设置一个突然的转折。例如:

尽管好几十万人聚居在一小块地方,竭力把土地糟蹋得面目全非;尽管他们肆意把石头砸进地里,不让花草树木生长;尽管他们除尽刚出土的小草,把煤炭和石油烧得烟雾腾腾;尽管他们滥伐树木,驱逐鸟兽,在城市里,春天毕竟还是春天。

——列夫·托尔斯泰《复活》

二、故事开头的写作要求

故事的开头写作要符合以下几个要求:一是要简单地介绍故事发生的背景、环境以及主要人物的基本形象。二是故事开头可以构造悬念,暗示即将发展的剧情,并要做到吸引读者。三是故事开端不要写废话,交代清楚故事情节的要点。

给爸爸买苹果

[德国]施悌恩

慕尼黑,星期五晚19点左右,警官舒斯特登上了开往科隆的火车。他走进软席车厢,里面已经坐着两个人了,于是就在他们对面坐了下来。

年长的这位靠窗而坐,在这么炎热的夏季里带着那足有两百磅的身躯旅行肯定够呛,因此他显得疲惫不堪。而他身旁的年轻人却精神十足,看起来他好像在全神贯注地看着窗外的景色,但却没有忘记时不时地关照一下身边的年长者——这个大胖子看来已经睡着了,深沉的呼吸声告诉我们他睡得很瓷实。

"嗨,打扰您了。"年轻人小声和舒斯特攀谈起来,"我真替爸爸担心,他又在车上睡着了!这太危险了,睡着了要出事的!"

"您爸爸会出什么事呢?"舒斯特笑着问他。

"会出什么事?!"儿子好像生气了,他提高了嗓门,"他身上的东西会被全部偷光!如今旅行谁知道会碰到什么样的人!有的人看起来老实巴交的,可却是骗子,要是碰到这样的人,父亲的金表肯定就要被偷走了——您瞧,他的表就那么随便地放在口袋里,有人拿走,他根本不会察觉。"

"不,我相信您父亲一定会发觉的。"舒斯特不紧不慢地答着他的话。可是这个儿子还真有点倔:"那我们就试试看!我把爸爸的表拿走,看他会不会察觉,怎么样?然后让他知道麻痹大意的后果,好吗?"

舒斯特心中不赞成他这么做,因为他觉得作为儿子不应该跟父亲开这样的玩笑。

可是还没有等他说出自己的看法,儿子已经把父亲的金表从口袋里掏出来迅速地藏好了。那位父亲真的一点儿也没有察觉,他还睡得很沉、很香呢。

就在这时,火车进了普福尔茨海姆站。

儿子站起身来,"我去给爸爸买几个苹果。"他笑着说,"他旅行的时候爱吃水果。"

儿子走后不到一分钟,父亲睁开了眼,他的目光迟缓地环顾了一下车厢。

"您儿子刚刚出去给您买苹果了。"舒斯特先生热心地告诉他。

这个胖子瞪着两眼迷惑不解地瞧着舒斯特:"我一点儿也不明白您说的话……"

"我是说,"舒斯特又重复了一遍刚才说的话,"您儿子刚走,给您买苹果去,他马上就回来!"

"我还是不明白您说的话。"胖子乐了,"我根本就没有儿子!"警官舒斯特一下子对普福尔茨海姆这个小站发生了兴趣,他要中断这次旅行,去好好地看看这个城市——尽管这里并没有多少值得游览的风景名胜!

▌简析

这篇故事的开头部分交代了故事发生的环境、地点,介绍了故事的主要人物,并描写了年轻人与年长者的"亲密"关系。在这里,人物关系是一个悬念。故事的开头先对"年轻人"这一人物形象做了详细介绍,然后通过警官舒斯特与年轻人的对话,不断地为"父子"之间的这种关系进行铺垫,最后情节发生了180度的转折,原来小伙子是个大胆精明的小偷,这充分体现出故事的戏剧性。作者在进行创作时,善于利用情节铺垫和转折,增加故事的耐读性,制造出紧张的气氛,造成开头与结尾的反差,从而调动起读者的阅读兴趣。

第二节 故事主体

古人对好文章的比喻有"凤头、猪肚、豹尾"的说法。在创编故事中,故事的主体就是"猪肚",而且要像"猪肚"般充实。因此,故事主体的写作,应在故事开头的基础上,紧扣情节的展开落笔,反映事情的经过。写作任务是围绕主题思想,进一步组织矛盾冲突,对人物和事件进行具体细致的刻画,推动故事内容发展。

一、故事主体的内涵

故事的主体作为故事的主干,在故事中所占篇幅最长,需要重点描写。作为谋篇布局的关键,它应当根据表现主题思想的需要,根据塑造人物形象的需要,对故事情节的发展变化进行整体计划和安排。

具体而言,它主要围绕主题合理安排情节、结构,塑造人物形象,处理好主要情节和次要情节的关系,将故事中矛盾冲突最紧张、最激烈的部分展现出来,使故事引人入胜,并凸显人物性格。在这一部分,情节开始展开,人物进一步活动,人物之间的关系借由事件的发展、内外部的冲突而充分表现,从而酝酿并揭示高潮,导向故事的结局。

二、故事主体的写作要求

(一)分清主次,详略得当

著名作家孙犁主张"分清主次,抓住重点"地对内容进行剪裁,他说:"要看一个事物的最重要的部分,最特殊的部分,和整个故事内容故事发展有关的部分,强调它,突出它。"故事编创中的分清主次,就是要求考生抓住故事的主要情节,抓住事件的主要矛盾,精心选择材料,表现人物形象和事件发展的合理逻辑。在实际写作时,应当围绕故事情节的展开,明确哪些材料和内容是要重点突出的,哪些材料和内容是要简单叙述或铺垫的,并加以精心选择和提炼,形成巧妙而合理的情节安排,使得人物的性格和事件的思想意义充分地显示出来。

因此,在故事主体的写作中,有些地方应该浓墨重彩地叙述,有些地方只需要一笔带过,这不是根据创作者掌握材料的多少来决定的,也不是根据个人的喜好来决定的。详写或者略写,都是有一定原则的。这就要求考生在故事编创时,先分清主次,然后围绕主人公的命运、遭遇展开主要事件,组织矛盾冲突,着重刻画人物的性格和情感。对于能够直接表现故事主体的主要材料、细节或突出人物性格、情感的部分,要加以重点叙述和描写;对于和故事主体关系不大或者偏离主要叙事线索的部分,则应略写。

【案例导读】

"诺曼底"号遇难记

[法国]维克多·雨果

真正的强者是那种具有自制力的人。

——题记

1870年3月17日夜晚,哈尔威船长照例走着从南安普敦到格西恩岛这条航线。大海上夜色正浓,大雾弥漫。船长站在舰桥上,小心翼翼地驾驶着他的"诺曼底"号。乘客们都进入了梦乡。

"诺曼底"号是一艘大轮船,在英伦海峡也许可以算得上是最漂亮的邮船之一了。它装货容量600吨,船体长220尺,宽25尺。海员们都说它很"年轻",因为它才7岁,是1863年造的。

雾愈来愈浓了。轮船驶出南安普敦河后,来到茫茫大海上,相距埃居伊山脉估计有15海里。轮船缓缓行驶着。这时大约凌晨四点钟。

周围一片漆黑,船桅的梢尖勉强可辨。

像这类英国船,晚上出航是没有什么可怕的。

突然,沉沉夜雾中冒出一枚黑点,它好似一个幽灵,又仿佛像一座山峰。只见一个阴森森的往前翘起的船头,穿破黑暗,在一片浪花中飞驶过来。那是"玛丽"号,一艘装有螺旋推进器的大轮船。它从敖德萨启航,船上载着五百吨小麦,行驶速度非常快,负载又特别大。它笔直地朝着"诺曼底"号逼了过来。

眼看就要撞船,已经没有任何办法避开它了。一瞬间,大雾中似乎耸起许许多多船只的幻影,人们还没来得及一一看清,就要死到临头,葬身鱼腹了。

全速前进的"玛丽"号向"诺曼底"号的侧舷撞过去,在它的船身上剖开一个大窟窿。

由于这一猛撞,"玛丽"号自己也受了伤,终于停了下来。

"诺曼底"号上有28名船员,1名女服务员,31名乘客,其中12名是妇女。

震荡可怕极了。一刹那间,男人、女人、小孩,所有的人都奔到甲板上。人们半裸着身子,奔跑着,尖叫着,哭泣着,惊恐万状,一片混乱。海水哗哗往里灌,汹涌湍急,势不可挡。轮机火炉被海浪呛得嘶嘶地直喘粗气。

船上没有封舱用的防漏隔墙,救生圈也不够。

哈尔威船长,站在指挥台上,大声吼喝:"全体安静,注意听命令!把救生艇放下去。妇女先走,其他乘客跟上,船员断后。必须把六十人救出去。"

实际上一共61人,但是他把自己给忘了。

船员赶紧解开救生艇的绳索。大家一窝蜂拥了上去,这股你推我搡的势头,险些儿把小艇都弄翻了。奥克勒福大副和三名工头拼命想维持秩序,但整个人群因为猝然而至的变故简直都像疯了似的,乱得不可开交。几秒钟前大家还在酣睡,蓦地,而且,立时立刻,就要丧命,这怎么能不叫人失魂落魄!

就在这时,船长威严的声音压倒了一切呼号和嘈杂,黑暗中人们听到这一段简短有力的对话:"洛克机械师在哪儿?"

"船长叫我吗?"

"炉子怎么样了?"

"被海水淹了。"

"火呢?"

"灭了。"

"机器怎样?"

"停了。"

船长喊了一声:

"奥克勒福大副!"

大副回答:

"到!"

船长问道:

"还有多少分钟?"

"20分钟。"

"够了,"船长说,"让每个人都到小艇上去。奥克勒福大副,你的手枪在吗?"

"在,船长。"

"哪个男人胆敢在女人前面,你就开枪打死他。"

大家立时不出声了。没有一个人违抗他的意志,人们感到有一个伟大的灵魂出现在他们的上空。

"玛丽"号也放下救生艇,赶来搭救由于它肇祸而遇难的人员。

救援工作进行得井然有序,几乎没有发生什么争执或殴斗。事情总是这样,哪里有卑鄙的利己主义,哪里就会有悲壮的舍己救人。

哈尔威巍然屹立在他的船长岗位上,指挥着,主宰着,领导着大家。他把每件事和每个人都考虑到了,面对惊慌失措的众人,他镇定自若,仿佛他不是给人而是在给灾难下达命令,就连失事的船舶似乎也听从他的调遣。

过了一会儿,他喊道:

"把克莱芒救出去!"

克莱芒是见习水手,还不过是个孩子。

轮船在深深的海水中慢慢下沉。

人们尽力加快速度划着小艇在"诺曼底"号和"玛丽"号之间来回穿梭。

"快干!"船长又叫道。

20分钟到了,轮船沉没了。

船头先下去,须臾,海水把船尾也浸没了。

哈尔威船长,他屹立在舰桥上,一个手势也没有做,一句话也没有说,犹如铁铸,纹丝不动,随着轮船一起沉入了深渊。人们透过阴惨惨的薄雾,凝视着这尊黑色的雕像徐徐沉进大海。

哈尔威船长的生命就这样结束了。

在英伦海峡上,没有任何一个海员能与他相提并论。

他一生都要求自己忠于职守,履行做人之道。面对死亡,他又一次运用了成为一名英雄的权利。

 简析

这是一个惊心动魄的海难故事,讲述了哈尔威船长在"诺曼底"号遭到"玛丽"号猛烈撞击即将沉没的时候,镇定地指挥全船人员有序撤离,自己却坚守在船长岗位上,最后随着沉船一起沉入海底的故事,歌颂了哈尔威船长忠于职

守、舍己救人的崇高精神。

　　故事开头简洁，主体充分展开，结尾有力升华。开头简单地交代了故事发生的时间、地点、人物、事件起因后，就迅速进入了故事主体的叙述。为了塑造哈尔威船长的英雄形象，故事紧扣情节主线，主要围绕沉船逃难和指挥救援两个场景展开叙述。对于能够反映主题思想，表现哈尔威船长英雄形象的内容进行了详写，重点是对哈尔威船长的语言、动作、神态等进行浓墨重彩的描写。如在两船相撞后，面对"人们半裸着身子，奔跑着，尖叫着，哭泣着，惊恐万状，一片混乱"的情景，哈尔威船长镇定自若、临危不惧，他果断下令："全体安静，注意听命令！把救生艇放下去。妇女先走，其他乘客跟上，船员断后。必须把六十人救出去。"在黑夜中，在惊慌失措、急于逃生的人们面前，哈尔威船长"威严的声音压倒了一切呼号和嘈杂"，他与机械师、大副简短有力的对话，使救援工作进行得井然有序；他心系每一个人，"巍然屹立在他的船长岗位上，指挥着，主宰着，领导着大家"，他考虑到了每一个细节，唯独没有考虑他自己。最后，"哈尔威船长，他屹立在舰桥上，一个手势也没有做，一句话也没有说，犹如铁铸，纹丝不动，随着轮船一起沉入了深渊"。哈尔威船长在危难时刻勇于牺牲，履行了他的职责和做人之道，表现出一个伟大灵魂的人格力量和英雄气概。

　　从这篇故事中我们可以看出，事情的发展过程是整个故事的主体部分，它往往具体体现故事的主题思想，因此要详写；而对于事情的发生和结果，一般只交代故事背景和起因，简单描述结局或点明中心，因此可以略写。这样围绕中心，有详有略、主次分明，就能有效地突出叙事重点，塑造鲜明的人物形象。

（二）合情合理、叙事生动

　　故事主体是由一系列事件构成的，那么，如何合情合理地安排这些事件，并以合理的叙事结构来完成故事的主体内容呢？

　　首先，故事情节和人物性格的发展要合乎事理逻辑。故事主体中，不管情节设计得多么突兀与出人意料，在它的背后都有一条内在的逻辑线，这就是所谓的"入情入理,合乎逻辑"。正因为情节是按因果逻辑组织起来的一系列事件,因此我们需要按事理逻辑安排故事事件,环环相扣地推动情节发展,从而产生情理之中的生活真实感,实现"艺术来源于生活又高于生活"的旨趣。

《水浒传》中"林教头风雪山神庙,陆虞候火烧草料场"一节,即是入情入理、合乎逻辑的一个示例。作品中,李小二的出现,让情节得以前后连贯,并顺利展开。李小二"当初在东京时,多得林冲看顾;后来不合偷了店主人家钱财,被捉住了,要送官司问罪,又得林冲主张赔话,救了他免送官司,又与他赔了些钱财,方得脱免;京中安不得身,又亏林冲赍发他盘缠,于路投奔人",而现今"权在营前开了个茶酒店,因讨钱过来遇见恩人"。由于李小二开酒店的便利身份,才会给林冲带来如下的消息:"却才有个东京来的尴尬人,在我这里请管营、差拨吃了半日酒。差拨口里呐出'高太尉'三个字来,小二心下疑惑,又着浑家听了一个时辰。他却交头接耳,说话都不听得。临了,只见差拨口里应道:'都在我两个身上。好歹要结果了他!'那两个把一包金银递与管营、差拨,又吃一回酒,各自散了。不知甚么样人。小人心疑,只怕在恩人身上有些妨碍。"这里为以后林冲提前得知消息,血染风雪山神庙等情节做了铺垫,避免了突兀。环环相扣的情节设置,最终使逆来顺受的林冲终于迈出被"逼上梁山"的关键一步。

故事主体中,人物通常具有典型意义,人物的性格主要通过情节来表现,情节与人物性格是相互依存、相互关联的,因此情节设计要符合人物性格。人与人之间的冲突、人与人之间的斗争、人物的内心矛盾等,都是通过情节来表现的,情节的取舍要按照人物性格的发展逻辑来安排。如果情节只是单纯地叙述故事,就不能表现人物的性格;或是不顾人物性格发展的逻辑编排情节,就不仅会使整个故事缺少生机,还会严重地影响故事的合理性和可信度。

其次,故事主体写作,在合情合理的基础上,要追求叙事的生动性。这一方面可以通过设置悬念,利用意外、误会或巧合等引发的反转、突变,使故事产生妙趣横生的叙事效果;另一方面,可以在故事主体中,重点通过细节和言行描写等生动叙事,赋予情节中的人物以鲜活的艺术魅力,使故事在引人入胜的叙述中表现出人物的性格特点。例如,武松的形象即是通过一系列事件来塑造的,在这些事件中,作者对事件的经过和人物的活动进行了曲折生动的叙述。武松夜过景阳冈醉打老虎事件中,通过表现武松一分酒一努拳的神力,细致入微地刻画了他从一开始对景阳冈有虎这件事的怀疑到后来的相信,再到勇于冒险,最终与老虎殊死搏斗的场景。这一典型段落成为文学史上的经典名篇,具有强烈的艺术感染力,成功地塑造了武松的英雄形象,表现了他有勇有谋的人物性格。

因此,一个生动的故事,必须要合理地安排和展开情节,运用多种叙事手法塑造人物形象,表现人物命运,这样读起来才能既吸引人又合情合理,具有强烈的艺术魅力。

(三) 一波三折,跌宕起伏

把握故事主体、展开故事情节的方式是多样的。有经验的作者在写作时,总要把情节安排得一波三折、环环紧扣,并推向"绝境"。因为在"绝境"处,矛盾冲突最激烈、人物的感情最丰富,智慧和生命力都能爆发到极致。所以,故事编创的一种重要方式,即是把人物和情节推向"绝境",给人一种"山重水复疑无路"的阅读心理,这是故事作品吸引人的关键所在。在实际写作中,可以讲述不同人物之间日趋激化的矛盾冲突,也可以讲述由人物自身的矛盾冲突而引发的两难抉择,这些都能够有力地凸显故事的戏剧性,增强故事的艺术效果。

还有一种重要方法,是重新安排文章顺序,先交代有关细节,给读者造成悬念,然后在故事的展开中抽茧剥丝,从而使情节跌宕,故事波澜起伏,取得扣人心弦的艺术效果。例如,《抉择》一文,以倒叙手法,先将妻子那温柔的微笑与冰冷的墓碑生动地展现在读者面前,然后引领我们一起经历了一场大火中生与死的抉择,生动地展现了"我"的多情和善良。主体部分重点展示了"我"在面对一场突如其来的大火时,在先救自己的妻女,还是已故同事那无助的妻女时的心理矛盾和最终抉择。故事描写细腻,感情真挚,读起来生动、有感染力,令人感叹。

【案例导读】

武松景阳冈打虎(选段)

施耐庵

店家切了二斤熟牛肉,装了一大盘子,拿来放在武松面前,再筛了一碗酒。武松吃了道:"好酒。"武松喝了三碗酒后店家便不再给。武松敲打着桌子叫到:"主人家,怎么不来倒酒。"

店家道:"如今前面景阳冈上有只吊睛白额大虫,天晚了出来伤人,已经伤了二三十条路人性命,官府限期叫猎户去捉。冈下路口都有榜文,教往来客人结伙成对趁午间过冈,其余时候不许过冈。单身客人一定要结伴才能过冈。这时候天快晚了,你还过冈,岂不白白送了自家性命?不如就在我家歇息,等明日凑了二三十人,一齐好过冈。"

武松听了,笑道:"我是清河县人,这条景阳冈少也走过了一二十遭,几时听说有大虫!你别说这样的话来吓我。就有大虫,我也不怕。"

店家答道:"我是好意救你,你不信,进来看官府的榜文。"

……

武松见了,叫声"啊呀!"从青石上翻身下来,把哨棒拿在手里,闪在青石旁边。那只大虫又饥又渴,把两只前爪在地下按了一按,望上一扑,从半空里蹿下来。武松吃那一惊,酒都变做冷汗出了。说时迟,那时快,武松见大虫扑来,一闪,闪在大虫背后。大虫背后看人最难,就把前爪搭在地下,把腰胯一掀,掀将起来。武松一闪,又闪在一边。大虫见掀他不着,吼一声,就像半天起了个霹雳,震得那山冈也动了。接着把铁棒似的虎尾倒竖起来一剪。武松一闪,又闪在一边。

原来大虫抓人,只是一扑,一掀,一剪,三般都抓不着,劲儿先就泄了一半。那只大虫剪不着,再吼了一声,一兜兜将回来。武松见大虫翻身回来,就双手抡起哨棒,使尽平生气力,从半空劈下来。只听见一声响,簌簌地把那树连枝带叶打下来。定睛一看,一棒劈不着大虫,原来打急了,却打在树上,把那条哨棒折做两截,只拿着一半在手里。

《水浒传》中的武松景阳冈打虎片段,已成为文学、影视中脍炙人口的经典段落。其艺术魅力就在于将武松打虎的过程写得跌宕起伏,充满了艺术吸引力和感染力。在这一段的叙事中,店家拒绝倒酒是故事的第一次转折;店家劝阻武松入冈,武松执意前往是第二次转折;第三次转折是武松打虎的过程中,先以为打中了老虎,然而却是打中了树,老虎又猛扑过来。故事的主体部分,正是通过这样的层层转折、步步紧逼,写活了我们熟悉的武松打虎故事。

第三节　故事结局

结局是为故事收尾而服务的。在让人眼前一亮的开篇和情节起伏的主体部分后,需要一个合适的结尾,为故事画上一个圆满的句号。尤其是一个意料之外、情理之中的结局,更能让观众对故事产生回味。本节主要介绍了故事结局的几种常见方式,考生可以结合自己所编创故事的实际情况,择一而用。

一、常见的故事结局方式

1. 意外反转

故事突破了事物发展的常态,以出人意料的逆转结束,使故事豁然开朗,其主题思想和人物形象都得到生动、形象的揭示。这种意外反转的结尾,往往打破了人们的阅读习惯,又称"欧·亨利式结局",通常是指在情节结尾时突然让人物的心理情境发生出人意料的变化，或使主人公命运陡然逆转，出现意想不到的结果，既在意料之外，又在情理之中，从而在情节发展的审美落差中形成别开生面的艺术效果。

这种结尾艺术，在欧·亨利的《最后一片叶子》《麦琪的礼物》等作品中有充分的展现。例如，欧·亨利的《最后一片叶子》中，得了肺炎的年轻画家琼娜对生命失去了希望，她躺在病床上，每天看着窗外的常青藤，认为常青藤的最后一片叶子掉完之后，她也会随着最后一片叶子一起离开。但是琼娜发现树上的最后一片叶子一直在那儿，于是她又重燃了求生的希望，加上好友苏的细心照顾，她的身体渐渐完全康复。但故事并不是就这样平淡地结束，最后的结局令琼娜和读者的心灵都受到震撼：窗外的最后一片叶子，竟然不是树上的叶子，而是住在楼下的老画家贝尔门画的"杰出作品"。原来，贝尔门在得知琼娜对生命的悲观想法后，半夜里冒着风雨，在墙上细细地画上了常青藤的最后一片叶子，但他自己却因此而得了肺炎，离开了世界。故事中，"最后一片叶子"谜底的揭晓，使故事充满了人性之美，那位执着真诚、默默牺牲的老画家形象也因此在短小的篇幅中强烈地打动人心，给读者留下了深刻的印象。

2. 哲理点睛

在故事的结尾，通过哲理的方式来点化全文，往往言近旨远、发人深省，不仅可以有效地深化主题，拓展读者的想象空间，而且能够生动地表明作者对社会的思考、人生的态度等。例如，鲁迅在《故乡》的结尾中说："我想：希望是本无所谓有，无所谓无的。这正如地上的路，其实地上本没有路，走的人多了，也便成了路。"这一饱含哲理的结尾卒章显志，熔铸了强烈的思辨色彩，使作品具有了深刻的主题内涵。再如冯骥才的《胖子和瘦子》中，讲述胖子和瘦子是一对朋友，先是"胖子走红运"，"当官儿必须是胖子，画家专画胖子，女人也要挑胖男人做丈夫"，于是就出现愈胖愈好的趋势，故事中的胖子于是格外受到重视，人人都向他讨教胖身术，"他的照片，言论，轶事，到处争抢刊载"。可是，过了一年，人们又开始关心瘦身法，"那个一直被世人遗忘的瘦子，终于被人们当作一种稀世的宝贝发现了",于是报刊上有关胖子的报道一下子不见了,瘦子被捧上了天,而胖子却备受冷落。胖子感慨地说:"当初你的话还真说对了,早知听你的话,提早设法变瘦。"这时瘦子却说:"不!你应该保持这样,说不定哪天又时兴胖子了。"故事至此不动声色地戛然而止,却以瘦子富有哲理意味的一句话,点明文章主旨,讽刺了赶时髦、盲目从众的社会习气。实际写作中,结尾部分还可以运用名言、警句、诗句的方式表述某种人生的真谛或耐人寻味的哲理性内容,来揭示故事的主题。

在艺考中进行故事编创时,采用这种结局方式更容易体现考生的文学修养。

3. 大团圆

所谓大团圆,是指在主人公遭遇悲剧命运,遭受不白冤屈,历经种种磨难之后,给其安排一个圆满的结局,使善战胜恶、美战胜丑,在爱情题材的作品中则是有情人终成眷属。如《赵氏孤儿》中的大复仇,《窦娥冤》中的冤狱平反,《牡丹亭》中杜丽娘的死而复生,《长生殿》中李隆基和杨玉环在天上相会,等等。这种矛盾解决、令人喜悦的大团圆式结局符合人们的阅读心理。因此,在故事结尾中,可以依循并满足人们的情感认知特点,顺理成章地昭示情节发展和人物命运,从而使故事的所有矛盾冲突得到顺利的解决。

4. 多元开放

一般的故事会交代故事的起因、发展、高潮和结果,体现具体事件的因果逻辑,满足读者所有的情感期待,是闭合式的结局。而如果一个故事发展到高潮留下一两个未解答的问题和一些没被满足的情感结尾,这样的结局具有多元可能的走向,则被称为开放式结局。例如,易卜生在著名的剧作《玩偶之家》中,让追求独立、自由的娜拉离家出走,留下了一个开放式的结局,没有人知道娜拉走后会怎样,因而在当时的广大读者中掀起了讨论的热潮。在《德克萨斯的巴黎》的情节发展高潮中,父子言归于好,其未来已被确定,我们对其幸福的期望得到了满足,但是夫妻和母子的关系却并没有得到解决。这个家庭是否拥有一个共同的未来？如果有，那将是一个什么样的未来？等等。这些问题是开放的，结局走向是多元的，读者可以自由构想，答案只能在个人化的电影思考中找到，从而给读者留下了思考回味、无尽想象的空间。

二、故事结尾的要求

结局是故事极其重要的一部分，考生在进行故事编创时，可以从以下几点来审视自己设定的结局是否符合要求。一是结局要与故事的开头相关联，不要出现前后矛盾的现象，尽量首尾呼应。二是结局要懂得随机应变。三是结局要自然，可以出人意料，但要在情理之中，也可以总结式的寓言或哲理结束。四是要画龙点睛，点明主题。

火车上的女郎

[印度] 邦 德

火车开出后，车厢里只有我一个人。直到罗哈那站才上来一个女郎。前来送行的那对夫妇大概是她的双亲，他们好像对姑娘的这次旅行很不放心，那位太太耐心地告诉女孩子该把东西放在什么地方，什么情况下不可把头探出窗外，如何避免与陌生人交谈，等等。由于我是个盲人，所以无法形容出那女郎的容貌，但从她脚后跟发出的"啪哒啪哒"的声响，我知道她穿的是拖鞋。我喜欢听她说话的声音。

火车驶出站台后，我问她，"您是到德赫拉顿去吗？"可能因为我在一个幽暗的角落里，所以我的说话声吓了她一跳。她不禁轻声惊叫了一声，说："我不知道这里有人。"是啊，眼睛没毛病的人却常对眼前的事物视而不见，想必是需要他们看的东西太多了的缘故吧。相反，双目失明的人倒能凭着感官察觉周围的事物。"起初我也没有看见您。"我说,"不过我听见您进来了。"我想,只要我坐在原处不动,她就不一定发现我是一个瞎子。"我到沙哈兰坡下车。"女郎说,"我的姑妈到车站接我。您到哪儿去?""我到德赫拉顿,然后去木苏里。"我答道。"啊,你真是好运气!我也想去木苏里。我喜欢那里的山峦,尤其是在十月份。"

"是啊,那是黄金季节。"说着,我的脑海浮现出我眼睛没有失明时所见到的景象,"漫山遍野的太阳花,在明媚的阳光下竞相开放。到了夜晚,坐在篝火旁,喝上一点白兰地,大多数游客都已离去,万籁俱寂,仿佛在一个渺无人烟的地方。"

她默默不语,是不是我的话打动了她,还是她把我看成了一个多情善感的白痴,随后我错问了一句话:"外面天气怎么样?"她对我的问话似乎不以为然,难道她已发觉我是个瞎子了?不过,她的一句话立刻解除了我的疑虑。"您自己往外看看不就知道了嘛。"语气十分自然。我轻轻地挪到窗边。窗子开着,我面窗而坐,装出一副欣赏外面风光的神情。我在想象中能看到电线杆飞快地从眼前掠过。

"您注意到没有?"我试探着说,"树好像是在动,而我们好像是静止的。""总是这样。"她说。我朝她转过脸去,有好一会儿,我们谁也没说话。"您有一张挺有趣的脸。"我变得越发大胆了,我知道她是不会生气的,因为女孩子很少有不喜欢奉承的。她愉快地笑了,笑声像银铃般清脆。"您这样说,我倒挺高兴。"她说,"人们一张嘴就说我长得漂亮,我都听腻了。"这么说,她一定长得很漂亮了。于是我大声地说:"是啊,有趣的脸同样可以是漂亮的呀!""您真会说话。"她说,"不过,你干嘛这么认真?""您马上就要到站了。"我唐突地冒出了这么一句话。"谢天谢地,路途还不算远,要是在火车上坐两三个小时,可真叫人难熬。"

然而,只要能听见她说话,我坐多久都没关系。她说话的声音,有如高山流水,清脆动听。我想只要一下火车,她就会忘记这次短暂的邂逅。然而对我来说,我会一直想到下车,就是在以后的一段时间里我也难以忘怀。

汽笛一声锐鸣,车轮的节奏慢了下来。女郎起身开始收拾东西。我不知道她是挽着发髻,还是梳着披肩发,也许剪着短发。列车缓缓驶进站台。车外,脚夫的吆喝声,小贩的叫卖声响成一片,这时车门处传来一位女人的尖脆的说话声,我想一定是她姑妈来接她了。"再见!"女郎说。她站得离我很近,她头发上散发出的香水味扑鼻而来,我想伸手摸摸她的秀发,可是她已飘然而去,只留下一股清香缭绕在她站过的地方。

车门口一阵骚乱,一个男人结结巴巴地道着歉走进车厢。接着门"砰"的一声被关上,把我和外间世界又隔开了。我回到自己的铺位上,车长吹了哨,列车徐徐开动了。车越来越快,车轮又发出有节奏的响声,车厢轻轻地晃动着,我摸到窗口,面朝窗外坐下来,外面分明是阳光灿烂的白昼,而对我犹如漆黑的夜晚。现在我又有了一个新的旅伴,也许又会有新的节目了。

"对不起,我可不像刚才下车的那位那样有魅力。"他搭讪着说。"那位姑娘很有意思。"我说,"您能不能告诉我,她留的是长发还是短发?""这我倒没有注意。"他好像有点迷惑不解地说,"不过她的眼睛我倒留意了,那双眼睛长得很美,但对她却毫无用处了——她是个盲人,你没注意吗?"

简析

这篇故事在结局处交代了故事发生的原因,在故事编创的专业术语中可称为"抖包袱"。故事的开头简单交代故事发生的场所、人物后,主体部分重点展开了火车上邂逅的具体情节,细致地描绘了"我"的心理活动,"我"与女郎愉快的对话,在正常的叙事中层层铺垫,处处暗含着丰富的潜台词,最后笔锋一转,故事的结局变得出人意料。原来,那个一路侃侃而谈的美丽女郎同样是盲人。读者在回顾故事主体部分所提及的每一个细节的时候,会立即领悟到作者在展开每一个细节时的匠心所在。于是,这样的结局又在情理之中。这就是故事的精彩之处。

第五章

CHAPTER FIVE

故事编写的应试技巧

通过前面四章的学习,考生基本上已能够独立地完成故事编创。然而在考场上进行故事编写时,如何才能让自己的故事更生动、更吸引人呢?本章中,我们针对考场上故事编写的考试形式,介绍常用的叙述技巧如倒叙和插叙,以及描写技巧中的白描和工笔等,以便考生灵活运用,为编写的故事锦上添花。

第一节　故事编写的表现技巧

故事的创作离不开技巧。掌握一定的叙述技巧有助于故事的展开,能减少平铺直叙带来的乏味感。这一节,我们主要从叙述技巧中的倒叙和插叙、描写技巧中的白描和工笔方面,来介绍如何增强故事的表现力。

一、倒叙

倒叙,就是先将故事的结局或高潮提前,再依时间顺序展开故事发生、发展过程的一种叙事方式。

【案例导读】

三件红毛衣

林凤谦

母亲的生日快到了,我寻思着给她寄一件生日礼物。小时候家里穷,母亲拉扯我们姐弟三人,吃尽了苦头,如今我们长大成人,却一个个远离了她。母亲说,我们是她放飞的鸽子,她愿意看我们飞得又高又远。然而,母亲生日时,我们却不能在她身边。我决心为母亲买一件称心的礼物。

在衣物柜台,一团火红映入眼帘,挂在衣架上,如一团漂亮的火焰。

记忆之门忽然被打开了——那是一件漂亮的红毛衣。

那个冬天格外的冷,寒风刮在脸上刀割一般疼。我和姐姐穿着单薄的衣服从学校回来,双手冻得麻木了。母亲搂住我们,心疼极了,摸着我们的头,母亲半晌无语,随后,她打开衣柜,取出一个纸包,小心翼翼地打开层层包裹,里面是一件火样的红毛衣。我们都知道,那是母亲唯一的嫁妆,母亲从未舍得穿过。那天晚上,在昏暗的煤油灯下,那件毛衣,化作了长长的红绒线。那一夜,煤油灯暗暗的,母亲眼中却始终闪着亮光。

几天后,红红的绒线在母亲粗糙的手中,化成了三件火红的毛衣,仿佛跳跃的火焰,温暖了那个漫长而寒冷的冬季。也就在那个冬季,因为寒冷与劳累,母亲落下了病根,以后每个寒冷的日子病痛都与母亲形影不离。

我买下了那件红毛衣,连同最深沉的祝福,一并寄给远方的母亲。几天后,父亲在电话中告诉我,母亲生日那天,一下子收到我们姐弟三人的三件毛衣,一样的火红火红,母亲流泪了。她说,真划得来,当年拆了一件,如今换回三件……

简析

按照正常的写作顺序,作者应依次写小时候家庭贫困、母亲寒夜拆毛衣和织毛衣、母亲落下病根、我们姐弟长大了、母亲生日"我"买毛衣作为礼物、姐姐和弟弟也买毛衣作为礼物。然而这段文字中,作者的记叙脉络是:为母亲生日购礼物、看见红毛衣想起小时候母亲拆毛衣和织毛衣的往事、"我"买下红毛衣作为礼物、姐姐和弟弟也买了红毛衣作为礼物。可以看出,作者将最重要的购买母亲生日礼物的部分放在开头,显然是要造成悬念,增强感染力,使故事情节波澜起伏。

倒叙手法还有一种表现方式,就是故事的开头部分不涉及具体的内容,作者直接由眼前的某一事物引起联想,通过一段议论或抒情性的文字,导入对往事的回忆,然后再将准备的故事按时间顺序原原本本地讲出来,最后以一段议论或抒情性的文字呼应开头,总结全文。

二、插叙

插叙是指暂时中断原叙述线索而插入另一件事或人物的相关情况的叙述手法。一般情况下,插叙的部分只是一个片段,并非故事的中心部分。插叙结束后,仍需回到中心事件的叙述上去。

在编写故事时合理地运用插叙,可使所写的内容更加充实,情节更加完整,人物形象更加丰满,使文章的结构避免呆板、拘谨,行文起伏多变。

【案例导读】

故 乡

鲁 迅

……"还有闰土,他每到我家来时,总问起你,很想见你一回面。我已经将你到家的大约日期通知他,他也许就要来了。"

这时候,我的脑里忽然闪出一幅神异的图画来:深蓝的天空中挂着一轮金黄的圆月,下面是海边的沙地,都种着一望无际的碧绿的西瓜,其间有一个十一二岁的少年,项带银圈,手捏一柄钢叉,向一匹猹尽力的刺去,那猹却将身一扭,反从他的胯下逃走了。

这少年便是闰土。我认识他时,也不过十多岁,离现在将有三十年了;那时我的父亲还在世,家景也好,我正是一个少爷。那一年,我家是一件大祭祀的值年。这祭祀,说是三十多年才能轮到一回,所以很郑重;正月里供祖像,供品很多,祭器很讲究,拜的人也很多,祭器也很要防偷去。我家只有一个忙月(我们这里给人做工的分三种:整年给一定人家做工的叫长工;按日给人做工的叫短工;自己也种地,只在过年过节以及收租时候来给一定人家做工的称忙月),忙不过来,他便对父亲说,可以叫他的儿子闰土来管祭器的。

我的父亲允许了;我也很高兴,因为我早听到闰土这名字,而且知道他和我仿佛年纪,闰月生的,五行缺土,所以他的父亲叫他闰土。他是能装弶捉小鸟雀的。

我于是日日盼望新年,新年到,闰土也就到了。好容易到了年末,有一日,母亲告诉我,闰土来了,我便飞跑的去看。他正在厨房里,紫色的圆脸,头戴一顶小毡帽,颈上套一个明晃晃的银项圈,这可见他的父亲十分爱他,怕他死去,所以在神佛面前许下愿心,用圈子将他套住了。他见人很怕羞,只是不怕我,没有旁人的时候,便和我说话,于是不到半日,我们便熟识了。

我们那时候不知道谈些什么,只记得闰土很高兴,说是上城之后,见了许多没有见过的东西。

第二日,我便要他捕鸟。他说:

"这不能。须大雪下了才好。我们沙地上,下了雪,我扫出一块空地来,用短棒支起一个大竹匾,撒下秕谷,看鸟雀来吃时,我远远地将缚在棒上的绳子只一拉,那鸟雀就罩在竹匾下了。什么都有:稻鸡,角鸡,鹁鸪,蓝背……"

我于是又很盼望下雪。

闰土又对我说:

"现在太冷,你夏天到我们这里来。我们日里到海边捡贝壳去,红的绿的都有,鬼见怕也有,观音手也有。晚上我和爹管西瓜去,你也去。"

"管贼么?"

"不是。走路的人口渴了摘一个瓜吃,我们这里是不算偷的。要管的是獾猪,刺猬,猹。月亮底下,你听,啦啦的响了,猹在咬瓜了。你便捏了胡叉,轻轻地走去……"

我那时并不知道这所谓猹的是怎么一件东西——便是现在也没有知道——只是无端的觉得状如小狗而很凶猛。

"他不咬人么?"

"有胡叉呢。走到了,看见猹了,你便刺。这畜生很伶俐,倒向你奔来,反从胯下窜了。他的皮毛是油一般的滑……"

我素不知道天下有这许多新鲜事:海边有如许五色的贝壳;西瓜有这样危险的经历,我先前单知道他在水果店里出卖罢了。

"我们沙地里,潮汛要来的时候,就有许多跳鱼儿只是跳,都有青蛙似的两个脚……"

阿!闰土的心里有无穷无尽的希奇的事,都是我往常的朋友所不知道的。他们不知道一些事,闰土在海边时,他们都和我一样只看见院子里高墙上的四角的天空。

可惜正月过去了,闰土须回家里去,我急得大哭,他也躲到厨房里,哭着不肯出门,但终于被他父亲带走了。他后来还托他的父亲带给我一包贝壳和几支很好看的鸟毛,我也曾送他一两次东西,但从此没有再见面。

现在我的母亲提起了他,我这儿时的记忆,忽而全都闪电似的苏生过来,似乎看到了我的美丽的故乡了。我应声说:

"这好极!他,——怎样?……"

"他?……他景况也很不如意……"母亲说着,便向房外看,"这些人又来了。说是买木器,顺手也就随便拿走的,我得去看看。"

简析

作品开始用顺叙写"我"回到故乡的见闻和感想。当母亲说"还有闰土,他每到我家来时,总问起你,很想见你一面。我已将你到家的大约日期通知他,他也许就要来了"时,自然地插叙"我"儿时与少年闰土相会的一段回忆:少年闰土看瓜的形象;两人初次相见,闰土讲的故事;等等。插叙完了,用"现在我的母亲提起了他,我这儿时的记忆,忽而全都闪电似的苏生过来,似乎看到了我的美丽的故乡了。我应声说:这好极!他'——怎样?……'"几句,把话题又拉了回来,再沿着原来的线索写下去。若没有这段插叙,少年闰土与中年闰土就不能构成鲜明的对比,作品的思想性、艺术性将大为逊色。如果不用这段插叙,就要从少年闰土的情景写起,再写这次回乡,接着写见中年闰土。这样,故事的结构就会显得松散、拖沓。

在考场上进行故事编写时,我们鼓励考生将倒叙和插叙两种叙述技巧结合起来运用,使故事的形式与内容更丰富,也更能吸引读者的注意。很多作品中也是将这两种叙述技巧交叉使用的。例如,讲述宋庆龄一生爱恋孙中山的《一生梦想一世爱恋》中,倒叙、插叙运用得十分巧妙。开头部分采用倒叙,讲述宋庆龄在灯下写作《为抗议违反孙中山的革命原则和政策声明》:

她站起身,走到窗前,清新的空气使她精神一爽。望着天上闪烁的繁星,那使她终生难忘的一幕又浮现在眼前……

接下来插叙了孙中山去世时对她的临终遗言,展现出他们的情深义重,也回荡着无限的悲哀,更彰显出二人对革命的奉献与忠诚。

夜更深了,窗口吹来阵阵寒风,惊醒了宋庆龄的回忆:"先生,我定当不负所托……"

在随后的几十年里,宋庆龄始终凭着对孙中山的挚爱,致力于"让全中国每一个人都有鞋穿"的革命事业。

一生梦想,历经艰辛,一世爱恋,风雨同行;

百折不挠,初衷不改,朝朝暮暮,生死相随!

再如《轮椅上的人生》讲述史铁生对于母亲的怀念,文中有倒叙,也有插叙。在文章的开头部分,是对现状的描述,这时候的史铁生已经失去了母亲,他更多的是一种对于母亲离开之后,再次来到北海时物是人非的思念。

又是秋天,妹妹推着史铁生去北海看菊花:黄色的花淡雅,白色的花高洁,紫红色的花热烈,洋洋洒洒,在秋风中开得热闹烂漫。一阵秋风刮过,史铁生的心里忽然颤抖,就在那一瞬间,他以为看见了母亲。

又如,中间一部分的插叙:

"听说北海的花儿都开了,我推你去走走。"母亲的笑容,又浮现在他的脑海,母亲总是这么说,因为她喜欢花。可自从铁生的腿瘫痪后,她侍弄的那些花儿都死了。

"不,我不去!"铁生狠命地捶打着两条残疾的腿,喊着,"我活着有什么劲!"

母亲扑过来抓住他的手,忍住哭声说:"咱娘儿俩在一起,好好活,好好活……"

可铁生一直都不知道,母亲当时已经病得很重。妹妹后来告诉他,母亲常常肝痛得整夜翻来覆去地睡不着。

这种打破正常秩序的叙事方式,更加形象地突出了母亲对儿子的挚爱,具有增强情感的效果。同样是母爱,不一样的叙述方式,有了不一样的效果。这就是运用多元叙述手段所带来的艺术效果。

三、白描

白描是中国国画的一种手法,指用墨勾勒,不加其他色彩。运用到文学创作中,白描指的就是用最精炼、最节省的文字,粗线条地勾勒出人物的精神面貌。白描的重要特色就是真切、朴实,给人一种简单、明快的感觉。

孙犁是中国文学史上将白描手法运用到极致的作家。他在《亡人逸事》中有这样一段描述:

有一天,母亲带她到场院去摘北瓜,摘了满满一大筐。母亲问她:

"试试,看你背得动吗?"

她弯下腰,拷好筐系猛一立,因为北瓜太重,把她弄了个后仰,沾了满身土,北瓜也滚了满地。她站起来哭了。母亲倒笑了,自己把北瓜一个个拣起来,背到家里去了。

这里是孙犁对于妻子刚过门之后一段逸事的描述,从"她弯下腰"开始,就是一段精彩的白描。通过对人物动作、形象的勾勒,把握住了人物最主要的特征,不加渲染、铺陈,就可以给观众一个直观的、明晰的印象。

四、工笔

工笔同样是来源于中国画的技法,指的是精雕细镂,用细腻的笔法描绘景物的表现方式。运用到写作中,就是指对所要描写的对象进行细致入微的描述,通过对客观事实的描述来表现人物、事物、场景。

【案例导读】

花 轿

张白山

上轿时辰到了,男女客人,陆续到齐。吹鼓手倒十分卖力,一来便"嘟嘟嗒嗒"吹起唢呐来。虽听起来令人感到悲凉、凄切,然而总比没有的好。待日偏西,一顶花轿,由两个轿夫抬进天井,停放下来。我走进细看,花轿四周罩着雨迹斑斑的红绸帷慢,左右各有方形小窗,却又蒙上花布。揭开花轿,一看,里面黑咕隆咚,隐约看到一个硬座位,别无所有。哎,这哪里是花轿,简直是个关囚犯的木笼啦。

当下摆酒席,客人吃饱喝足了,撤了席。轿夫与吹鼓手也喝得云里雾里。吹鼓手鼓起腮巴,吹起唢呐催着新娘上轿。新娘呢,却迟迟不上轿。真叫人着急。过了一会儿,表姐才穿着大红,戴了冠子,披上霞巾,由伴娘搀扶着,从后厅颤抖地、慢悠悠地走了出来。姑姑走在旁边,哭红了眼睛,表姐也呜呜地哭泣着。拜了祖宗,该上轿了。这时鞭炮"噼噼啪啪"地响,她偏又赖着不上轿。有个至亲娘,急中生智,走上前来,七手八脚,连抱带推,把表姐塞进轿里,表姐这时竟放声嚎啕大哭起来。那对人生绝望的哀鸣,听起来动人心魄。表姐被轿夫抬起来,直奔大门而去。

【简析】

这里所描写的是旧习俗上花轿的过程,对于花轿的形状与装饰描写得十分细致入微,突出了花轿的特点。另外,在新娘上轿的整个过程中,对新娘的着装、其他人的表情和动作也都做了一一交代,将新娘的不乐意和家人的不舍刻画到了极致,从而凸显了主题。

• 在运用倒叙、插叙的技巧时,经常会出现的情况就是考生不能将故事发生的过程讲述完整、清楚,导致批改试卷的老师读不懂考生所写的故事。这个误区应引起考生的重视,以免错误运用叙述技巧,收到适得其反的效果。

• 倒叙、插叙的运用,不仅仅是为了使故事的整体结构有变化或者更新颖,更多的是为了让整个故事的叙述更能吸引观众的注意力,将悬念性设置到最大化。

• 白描和工笔的叙述方式,要和记叙文的写作方式分开。这里的白描或者工笔,更多的是一种对故事细节的描写,但是在故事中不宜使用太多。

第二节　故事编写的注意事项

在考场上,我们进行故事编写时,除灵活运用之前几节所介绍的叙述技巧外,还需注意以下几个方面。

一、选准立足点

要想把故事的发展过程说清楚,首先需要确定叙述的观察点、立足点,然后再以此为基准去展开故事情节。

1. 正确使用人称

编写故事时,如果是亲身经历的事情,可以用当事人的口吻叙述所见所闻。如果是局外人,可以用第三人称叙述,把别人经历的事件过程讲述出来。在叙述一件事时,叙述人的人称要统一,如果需要改变叙述的口吻,那么也需要在故事中交代清楚。

2. 交代清楚故事发生的背景

在叙述故事的最开始,我们应该将故事发生的时间、地点、事件、发生的缘由,以及有关的一些情况交代清楚,以便读者能够了解事情的相关背景,这也有利于自身对于整个故事主题思想的把握。

二、找准核心线索

核心线索,就是把你所叙述的人和事情贯穿起来的那根线。通过这根线,故事的展开就可以做到有条不紊。否则,就会显得杂乱无章、不知所云。我们可以通过人物的线索,以见证人的身份,将所见所闻介绍出来;可以以某个人的某种愿望、感情和性格特征为线索,将相应的材料串联起来;也可以物为线索,用物引发和勾连出与之相关的事件,并将它们紧紧地联结起来;还可以用事件的矛盾冲突的焦点作为线索,所有的叙述都围绕着解决这个矛盾冲突而展开。总之,只有线索清晰,读者才能够把握你叙述的重点,进入你所设定的故事情节。

三、详略得当

详,是指内容细致、详尽;略,是指内容粗疏、简括。编写故事时,叙述一件事要做到重点突出、详略得当,不能一直平平淡淡、没有任何高潮。一般规律是,与主题相关的要详细,与主题较远的要略写;事情高潮部分要很详细,过渡部分可尽量省略;能强调气氛,起到渲染氛围的部分要尽量详细,反之,则应该略写。成功的叙事,应该根据交际目的的需要,该详处就娓娓道来,起到渲染的作用;该略写的地方则是一笔带过、不拖沓。

四、波澜起伏

波澜起伏,指的是故事要有起伏变化。平时我们说"文似看山不喜平",编写故事也一样,要求一波三折,跌宕起伏。对读者而言,有起有落的故事才会有吸引力;反之,平铺直叙,只会给人枯燥乏味的感觉。

1. 抑扬法

编写故事时,如果要突出一件事的正面,就可以先从事情的某方面说起。也可以制造一个悬念,使读者产生一时的误会,然后再将事情的真相逐一揭出,使人恍然大悟。通过前后的反差来突出事情的本质,形成落差,营造跌宕的气势,给读者留下深刻的印象。

2. 断续法

在叙述过程中,突然插入另一段叙述,或是议论、描写、抒情,说些看似不相连续的事情,但在后面通过情节的展开,又巧妙地续上前面的线,这样可以激起叙述的波澜,收到生动活泼的艺术效果。

3. 张弛法

"一张一弛,文武之道",编写故事时也要讲究张弛,讲究节奏。应把握好哪些情节是紧张、急促的,哪些情节是舒缓、轻松的,然后将两者做适当的穿插,使其互为衬托;一会儿繁弦急管,一会儿娓娓道来,张弛相间,使描述错落有致,富于变化,更具感染力。比如,我们要叙述一件突发事件,就可以先讲述事情发生前的平静状态,以及人们毫无准备的轻松心情,这是"弛";再讲述事情发生后的激烈和紧张,这是"张"。因为有了"弛"的铺垫、对比,所以"张"的气氛就更加突出和浓烈。

万　卡

[俄国] 契诃夫

　　三个月前,九岁的男孩万卡·茹科夫被送到靴匠阿里亚兴的铺子里来做学徒。圣诞节的前夜,他没有上床睡觉。他等到老板夫妇和师傅们出外去做晨祷后,从老板的立柜里取出一小瓶墨水和一支安着锈笔尖的钢笔,然后在自己面前铺平一张揉皱的白纸,写起来。他在写下第一个字以前,好几次战战兢兢地回过头去看一下门口和窗子,斜起眼睛瞟一眼乌黑的圣像和那两旁摆满鞋楦头的架子,断断续续地叹气。那张纸铺在一条长凳上,他自己在长凳前面跪着。

　　"亲爱的爷爷,康司坦丁·玛卡雷奇!"他写道,"我在给你写信。祝您圣诞节好,求上帝保佑你万事如意。我没爹没娘,只剩下你一个亲人了。"

　　万卡抬起眼睛,看着乌黑的窗子,窗上映着他的蜡烛的影子。他生动地想起他的祖父康司坦丁·玛卡雷奇,地主席瓦烈夫家的守夜人的模样。那是个矮小精瘦而又异常矫健灵活的小老头,年纪约莫六十五岁,老是笑容满面,映着醉眼。白天他在仆人的厨房里睡觉,或者跟厨娘们取笑,到夜里就穿上肥大的羊皮袄,在庄园四周走来走去,不住地敲梆子。他身后跟着两条狗,耷拉着脑袋,一条是老母狗卡希坦卡,一条是"泥鳅",它得了这样的外号,是因为它的毛是黑的,而且身子细长,像是黄鼠狼。这条泥鳅倒是异常恭顺亲热的,不论见着自家人还是见着外人,一概用脉脉含情的目光瞧着,然而它是靠不住的。在它的恭顺温和的后面,隐藏着极其狡狯的险恶用心。任凭哪条狗也不如它那么善于抓住机会,悄悄溜到人的身旁,在腿肚子上咬一口,或者钻进冷藏室里去,或者偷农民的鸡吃。它的后腿已经不止一次被人打断,有两次人家索性把它吊起来,而且每个星期都把它打得半死,不过它老是养好伤,又活下来了。

　　眼下他祖父一定在大门口站着,眯细眼睛看乡村教堂的通红的窗子,顿着穿高统毡靴的脚,跟仆人们开玩笑。他的梆子挂在腰带上。他冻得不时拍手,缩起脖子,一忽儿在女仆身上捏一把,一忽儿在厨娘身上拧一下,发出苍老的笑声。

"咱们来吸点鼻烟,好不好?"他说着,把他的鼻烟盒送到那些女人跟前。

女人们闻了点鼻烟,不住打喷嚏。祖父乐得什么似的,发出一连串快活的笑声,嚷道:"快擦掉,要不然,就冻在鼻子上了!"

他还给狗闻鼻烟。卡希坦卡打喷嚏,皱了皱鼻子,委委屈屈,走到一旁去了。泥鳅为了表示恭顺而没打喷嚏,光是摇尾巴。天气好极了。空气纹丝不动,清澈而新鲜。夜色黑暗,可是整个村子以及村里的白房顶,烟囱里冒出来的一缕缕烟子,披着重霜而变成银白色的树木、雪堆,都能看清楚。

繁星布满了整个天空,快活地眨着眼睛。天河那么清楚地显出来,就好像有人在过节以前用雪把它擦洗过似的。……

万卡叹口气,用钢笔蘸一下墨水,继续写道:

"昨天我挨了一顿打。老板揪着我的头发,把我拉到院子里,拿师傅干活用的皮条狠狠地抽我,怪我摇他们摇篮里的小娃娃,一不小心睡着了。上个星期老板娘叫我收拾一条青鱼,我从尾巴上动手收拾,她就捞起那条青鱼,把鱼头直戳到我脸上来。师傅们总是要笑我,打发我到小酒店里去打酒,怂恿我偷老板的黄瓜,老板随手捞到什么就用什么打我。吃食是什么也没有。早晨吃面包,午饭喝稀粥,晚上又是面包,至于茶啦,白菜汤啦,只有老板和老板娘才大喝而特喝。他们叫我睡在过道里,他们的小娃娃一哭,我就根本不能睡觉,一个劲儿摇摇篮。亲爱的爷爷,发发上帝那样的慈悲,带着我离开这儿,回家去,回到村子里去吧,我再也熬不下去了。……我给你叩头了,我会永远为你祷告上帝,带我离开这儿吧,不然我就要死了。……"

万卡嘴角撇下来,举起黑拳头揉一揉眼睛,抽抽搭搭地哭了。

"我会给你搓碎烟叶,"他接着写道,"为你祷告上帝,要是我做了错事,就自管抽我,像抽西多尔的山羊那样。要是你认为我没活儿干,那我就去求总管看在基督面上让我给他擦皮靴,或者替菲德卡去做牧童。亲爱的爷爷,我再也熬不下去,简直只有死路一条。我本想跑回村子,可又没有皮靴,我怕冷。等我长大了,我就会为这件事养活你,不许人家欺侮你,等你死了,我就祷告,求上帝让你的灵魂安息,就跟为我的妈彼拉盖雅祷告一样。

"莫斯科是个大城。房屋全是老爷们的。马倒是有很多,羊却没有,狗也不凶。这儿的孩子不举着星星走来走去,唱诗班也不准人随便参加唱歌。有一回我在一家铺子的橱窗里看见些钓钩摆着卖,都安好了钓丝,能钓各式各样的鱼,很不错,有一个钓钩甚至经得起一普特重的大鲶鱼呢。我还看见几家铺子卖各式各样的枪,跟老爷的枪差不多,每支枪恐怕要卖一百卢布。……肉铺里有野乌鸡,有松鸡,有兔子,可是这些东西是在哪儿打来的,铺子里的伙计却不肯说。

"亲爱的爷爷,等到老爷家里摆着圣诞树,上面挂着礼物,你就给我摘下一个用金纸包着的核桃,收在那口小绿箱子里。你问奥尔迦·伊格纳捷耶芙娜小姐要吧,就说是给万卡的。"

万卡声音发颤地叹一口气,又凝神瞧着窗子。他回想祖父总是到树林里去给老爷家砍圣诞树,带着孙子一路去。那种时候可真快活啊!祖父"咔咔"地咳嗽,严寒把树木冻得"咔咔"地响,万卡就学他们的样子也"咔咔"地叫。往往在砍树以前,祖父先吸完一袋烟,闻很久的鼻烟,讪笑冻僵的万卡。……那些做圣诞树用的小云杉披着白霜,站在那儿不动,等着看它们谁先死掉。冷不防,不知从哪儿来了一只野兔,在雪堆上像箭似的窜过去。祖父忍不住叫道:"抓住它,抓住它……抓住它!嘿,短尾巴鬼!"

祖父把砍倒的云杉拖回老爷的家里,大家就动手装饰它。……忙得最起劲的是万卡喜爱的奥尔迦·伊格纳捷耶芙娜小姐。当初万卡的母亲彼拉盖雅还活着,在老爷家里做女仆的时候,奥尔迦·伊格纳捷耶芙娜就常给万卡糖果吃,闲着没事做便教他念书,写字,从一数到一百,甚至教他跳卡德里尔舞。可是等到彼拉盖雅一死,孤儿万卡就给送到仆人的厨房去跟祖父住在一起,后来又从厨房给送到莫斯科的靴匠阿里亚兴的铺子里来了。……

"你来吧,亲爱的爷爷。"万卡接着写道,"我求你看在基督和上帝面上带我离开这儿吧。你可怜我这个不幸的孤儿吧,这儿人人都打我,我饿得要命,气闷得没法说,老是哭。前几天老板用鞋楦头打我,把我打得昏倒在地,好不容易才活过来。

我的生活苦透了,比狗都不如。……替我问候阿辽娜、独眼的叶果尔卡、马车夫,我的手风琴不要送给外人。孙　伊凡·茹科夫草上。亲爱的爷爷,你来吧。"

万卡把这张写好的纸叠成四折,把它放在昨天晚上花一个戈比买来的信封里。……他略为想一想,用钢笔蘸一下墨水,写下地址:

寄交乡下祖父收

然后他搔一下头皮,再想一想,添了几个字:

康司坦丁·玛卡雷奇

他写完信而没有人来打扰,心里感到满意,就戴上帽子,顾不上披皮袄,只穿着衬衫就跑到街上去了。……

昨天晚上他问过肉铺的伙计,伙计告诉他说,信件丢进邮筒以后,就由醉醺醺的车夫驾着邮车,把信从邮筒里收走,响起铃铛,分送到世界各地去。万卡跑到就近的一个邮筒,把那封宝贵的信塞进了筒口。……

他抱着美好的希望而定下心来,过了一个钟头,就睡熟了。……在梦中他看见一个炉灶。祖父坐在炉台上,耷拉着一双光脚,给厨娘们念信。……泥鳅在炉灶旁边走来走去,摇尾巴。……

简析

作品中,运用插叙手法展开叙事。万卡在写信的过程中,不断回忆自己和爷爷一起生活的场景,以及对于未来生活的幻想,深刻地反映了万卡对现在生活的畏惧,以及对与爷爷一起生活的那种温暖亲情的怀念。

作品用白描的手法回忆万卡爷爷的日常生活点滴,将万卡爷爷这一人物形象直接、生动地展现在读者的面前。

故事语言素朴凝练,运用"以外显内"的独特写法,将主人公万卡的外部动作、神情姿态与内部心理活动巧妙地勾连起来,形象逼真地揭示了万卡的内心世界和精神面貌,使故事具有相当的心理深度,也使主人公形象真实、丰满、生动,从而使这篇故事具有震撼人心的艺术感染力。

第六章

CHAPTER SIX

故事编讲的应试技巧

故事编讲一般的考试流程为：考生在候考室抽题，有10—15分钟的准备时间。在这个时间内可以调动自己的故事素材储备，针对考题做出构思。然后进入考场，以讲述的方式表现出来，时间一般控制在3—5分钟内。部分院校在面试时会采用故事编讲的方式对考生进行考查，整个考试氛围比较轻松。在第一章中，我们已经大致介绍过故事编创的几种主要题型。本章侧重从语言、动作等细微处，简要介绍考试中需要注意的一些地方。编讲故事的时候，"讲"是编讲故事的核心。虽然综合运用了前面所讲的相关内容，但如果讲不好，仍有可能是空欢喜一场。考生在平时的编讲故事中，可结合本章中的一些应试技巧，有针对性地进行强化练习。

第一节 故事讲述的语言技巧

在编讲故事时，除了可以运用前几讲中我们提到过的方法来丰富故事的讲述方式，增强故事的生动性以外，合理运用语言技巧也是重要的一部分。表达能否口语化，讲述时的语速如何把握；这一节中，我们围绕这几点进行展开，介绍如何强化故事讲述过程中的感染力。

一、注意口语化，语言要平实

作家汪曾祺说，语言是生长的树，语言是流动的水。在生活中，在人际交往中，语言时时彰显出其重要性。同样，在讲述故事的过程中，语言是否能够运用得当，并具有一定的表现力，同样关系到故事的精彩程度和感染力。在讲故事的过程中，语言除了要求准确、简洁、清楚外，还需要做到生动、形象、立体,具有一定的画面感和现场感。

既然是编讲故事,那么就得突出"讲"。故事是"讲"给考官听的,要想取得较好的传播效果,就要在口语化、形象化上下功夫。口语,是指经过加工提炼的口头语言,适合于口头表达。口语化就要求语言是从生活的富矿中淘洗出来的,带着生活的露水,散发着生活的浓郁性,说起来顺口,讲起来流畅,听起来悦耳,具有简洁、生动、通俗的优点。口语化的语言也就是生活化的语言。

在讲故事时,注意表达的口语化,避免"八股腔",这样才会使得故事更加通俗易懂。鲁迅小说《孔乙己》中的孔乙己,是个迂腐的老秀才,他在快吃完一小碟茴香豆时,被小孩们看到了,马上用手捂住,嘴里连声说道:"多乎哉?不多也。"结果被周围的人一通嘲笑,原因就是他在口头交谈中习惯使用"之乎者也"等文言词语,与周围环境显得格格不入。在编讲故事时,考生也应注意不要使用大量的书面语言,切忌文白混杂,古今汉语混杂。

句式使用上,要像我们日常生活中说话一样,多用短句,少用长句。如《漫画家三毛之父》在讲述三毛的父亲的时候:"一个光头大脑袋,长着三根毛,红彤彤的圆鼻头,脏兮兮的小脸蛋,一身破衣裳,活脱脱一个上海弄堂里的邻家小孩。"在这里,"大脑袋""三根毛""圆鼻头""小脸蛋""破衣裳"这一系列的三字词语,将三毛的形象简单地、概括地展现在大家面前,能够给人一种过目难忘之感。因而表达中,要多用生活口语。如《重庆晚报》2009年8月24日刊登的一篇文章《汤水》中:"有的年轻人,第一周网上相识,第二周谈婚论嫁,第三周结婚请客,第四周离婚分手——如此将婚姻大事当儿戏,确实有点汤水。"

这里的"汤水"是重庆的地方方言,既有了生活韵味,也有了简明的特征,具有丰富的意蕴。"汤水"的关键词在这个"水"字。汤,本是好东西,而"水"在重庆方言中则不然,诸如,水娃、水货、水打棒、踩假水、水垮垮、水流沙坝……结果"汤水"也让这个"水"字带进沟里,与贬义词为伍了。

此外，在讲述故事时，不要恣意抒情，尽量减少对白的使用，以减小口述故事的叙述难度和辨意难度。对白也要注意语言的生活化、平民化，不要刻意追求感染力、刻意煽情。

二、驾驭语速节奏

节奏可以是紧迫的，也可以是舒缓的，还可以是快慢交错、波澜起伏的。正如美学家朱光潜所说："有段落才可以有起伏，有起伏才可以见节奏。音波始终单调一律，无节奏。轻重相间见节奏。"可见，节奏在对故事的整体把握中具有决定性作用。因此，我们在编讲故事的时候，要善于把握讲述的节奏感，让观众跟着节奏走，或喜或悲，时而紧张、时而舒缓。

福斯特在《小说面面观》中指出，与音乐中的节奏类似，小说的节奏也是通过不断重复和变化某些成分，从而使小说在内部形成一个统一体，同时赋予小说一种类似于音乐的美感。故事的节奏也分为外节奏和内节奏：外节奏是指形式上的节奏，主要通过对停顿、押韵、语气和词句等方面的精心安排来实现；内节奏则是指流荡在故事情节中的内在情感，它主要通过人物情绪的起伏来表现。

运用节奏时，一要注意语速的快慢，情感激烈之处要快一些，情感悲伤的内容则应该语速缓慢。二要注意适时的停顿，情感激烈之处，情节大起大落之际，或历史事件发生重大转折之时，都应设置适当的停顿。停顿运用恰当，可起到"此时无声胜有声"的效果。

在具体的讲述过程中，要紧扣故事情节，紧抓故事情感，根据故事情节和思路、感情的波澜起伏，控制语流的快慢，显示出语言的抑扬顿挫、轻重缓急。还要给声音加上感情色彩。如讲述回忆的场景时，要放慢语速，渲染凝重的气氛，涂抹黑白的回忆色彩，缓缓拉开记忆的幕布。

例如，《走在人生边上的杨绛》中，讲述者在开始的时候就放慢语速，营造出一种令人窒息的悲痛：

我的手撑在树上，我的头枕在手上，胸中的热泪直往上涌，直涌到喉头。我使劲咽住，但是我使的劲儿太大，满腔热泪把胸口挣裂了……

杨绛的回忆，拉开了故事的序幕，把听众带入一种失去至亲的悲痛氛围之中。讲述到这里的时候，讲述者为了表现饱含深情的怀念与悲切的伤痛，语调低沉而和缓：

有一晚，我做了一个梦。我和钟书一同散步，说说笑笑，走到了不知什么地方。太阳已经下山，黄昏薄暮，苍苍茫茫中，忽然钟书不见了。我四处寻找，不见他的影踪。我喊他，没人应。

这是由于女儿和丈夫的去世，带给杨绛撕心裂肺的伤痛。思念如空气，每时每刻包围着她；痛苦如针扎，一针一针刺痛她的心；回忆又像潜伏的幽灵般，侵袭着她的头脑。讲述者在表达这样一种悲痛情感时，要细细体会杨绛的内心情感，节奏一定要放慢，语调要低沉，让悲情、哀感植入听众心扉。

紧接着的讲述要进入回忆的黑白阶段：

住入新居的第一个早晨，丈夫亲手做的早饭，依然飘着香味，而这种香味一飘就是几十年。烤了面包，热了牛奶，做了又浓又香的红茶，还有黄油、果酱、蜂蜜，丈夫把早餐直端到杨绛床前。……

女儿常说："我和爸爸最哥们，我们是妈妈的两个顽童，爸爸还不配做我的哥哥，只配做弟弟。"

钟书笑说："我倒问问你，是我先认识你妈妈，还是你先认识？"

"自然我先认识，我一出生就认识，你是长大了认识的。"

在温馨的回忆中，故事又散发着喜悦和幸福的气味。讲述的过程中，讲述者把握住了这样的一种内在的情感变化，从悲痛的情感中脱离出来，转而用温和的口吻，轻松欢快的语调，表达一段真实的回忆，一份淡淡的幸福。

三、突出细节,具体形象

要想吸引住考官,并给他们留下深刻印象,就要在编讲故事的过程中,把故事说得尽量具体、形象一些。如果时间允许,可以在主要情节的讲述中,设计一个充实的细节,并提前考虑一下自己如何来表达这个细节。

细节是故事中最生动、最有表现力的部分,很多时候用多笔墨的细节能描绘出人物的真善美,使故事更加生动、形象。在故事中恰到好处地运用细节,能够烘托环境氛围、刻画人物性格和揭示主题思想,有利于提升故事层次。

一个是动作细节。故事中,一个细微的动作往往能反映出人物独特的个性。《儒林外史》中,写严监生临死的时候,伸出两个手指头,不肯断气,最后还是赵氏理解他,说:"爷,你是为了那盏灯里点的是两芯灯草恐费了油,我挑掉一根灯芯吧!"再看看严监生,他点一点头,把手垂下,顿时就没了气。通过这样的细节表现,就将严监生极度吝啬的性格特征表现出来,令人惊讶与震撼。

又如,《红楼梦》第四十四回:

贾母这边说声"请",刘姥姥便站起身,高声说道:"老刘,老刘,食量大如牛,吃个老母猪,不抬头!"说完,却鼓着腮帮子,两眼直视,一声不语。众人先是发怔,后来一想,上上下下都一齐哈哈大笑起来。湘云撑不住,一口茶都喷出来。黛玉笑岔了气,伏着桌子只叫"嗳哟!"宝玉滚到贾母怀里,贾母笑得搂着叫"心肝",王夫人笑得用手指着凤姐,却说不出话来。薛姨妈也撑不住,口里的茶喷了探春一裙子。探春的茶碗都合在迎春身上。惜春离了座位,拉着他的奶母,叫"揉揉肠子"。地下无一个不弯腰屈背,也有躲出去蹲着笑的,也有忍着笑上来替他姐妹换衣裳的。独有凤姐、鸳鸯二人撑着,还只管让刘姥姥。

对于刘姥姥的动作和语言发出来的笑声,每个人的反应都是不相同的,但每个人的动作反应都代表了各自的性格特征:湘云的豪爽不羁、黛玉的柔弱腼腆、宝玉顽皮撒娇、薛姨妈的老年拘谨,等等,都通过这些不同的笑声表露出来。在我们讲述这一段故事时候,通过将她们每个人的动作细节讲述出来,将人物的动作、形态、话语特征,栩栩如生地勾勒出来,也就能够把观众完整地带到大观园的场景中,去感受大观园中的每个人物的性格特征。

再如,海明威小说《老人与海》讲述一个捕鱼的老头与大海搏斗的场景:

老头儿放下了钓丝,把它踩在脚底下,然后把鱼叉高高地举起来,举到不能再高的高度。同时使出全身的力气,比他刚才所聚集的更多的力气,把鱼叉扎进正好在那大胸鳍后面的鱼腰里。那个胸鳍高高地挺在空中,高得齐着一个人的胸膛。他觉得鱼叉已经扎进鱼身上了。于是他靠在叉把上面,把鱼叉扎得更深一点,再用全身的重量把它推到里面去。

"举、扎、靠、推"等动作构成了精彩的特写镜头,使人从惊心动魄的搏斗中形象地体味到人的伟力、气魄和智慧。我们编讲故事的时候也应该把握类似的动作细节,使得人物形象立体化,个性丰满,使自己所讲述的故事形象化,有一种镜头感。

另一个是心理细节。通俗地说,就是一个人对外界事物的内心体验或内心感受。对心理细节的描写,就是把人物在一定环境中,围绕客观事物而产生的看法、感触、联想、潜意识等思想活动表现出来。心理活动是人物自身主观思想的直接展露,往往能够突出人物的思想、性格。编讲故事的时候,对于心理活动的种种细节,考生可以有意识地突出一下,加深考官的印象。但需注意,心理细节不宜过多展开。

第二节 故事编讲的注意事项

编讲故事的方式,主要考察的是考生的口语表达能力,对生活的观察能力和艺术创作力等。那么,怎样才能在短短的时间里创造出一个吸引考官的精彩而完整的故事呢?除了运用前几讲中我们强调过的相关内容外,以下再为考生提几点建议。

一、抓住题型结构故事

很多考生觉得准备时间太短,底气不足,再加上考试时的紧张情绪,往往在15分钟里不知道该从何处下手,构思故事。结果走上考场脑子一片空白,只能随便瞎编一下草草应付了事,考试结果可想而知。其实,在编讲故事时,只要抓住了故事结构的几个关键点,那么用15分钟创作出一个情节完整的小故事,就不是什么困难的事情。

考生在抽到考题后,首先,应认真审题,看清楚题型,是实体性的题目,还是场景性的题目,又或者是开放性的题目、限制性的命题。在认清楚命题后,再开始从人物、环境、情节上构思,迅速确定一到两个主要人物,在某个时间、某个地点,发生了某一件事情。按照这样的思维方式,将整个故事架起骨架,可以让考生的思路更加清晰,然后顺着这个骨架来往下搭建故事。

需要考生注意的是,不同题型在确定人物、环境、情节三要素时各有侧重。一般来说,实体性命题,如"照片""致命快递",这样的命题,本身就是情节发展的中心,是故事矛盾设置的中心,考生在构思故事情节时,一定要紧扣命题,以所给的实体为中心来设置故事。场景性命题，如"教室""假期"，已经在环境要素上对故事做了限制，确定了空间或时间，考生就要结合所给的环境，侧重于对人物的选择和对情节的设置，即往环境里放故事。而一些抽象类的命题，如"梦想"，则需要考生将抽象的命题通过人物、环境、情节予以具体化。而带限制性的命题，即我们第一讲中提及的形象组合式的题型，往往给考生一系列的词语，例如，"老人、草帽、鱼、爬楼梯"，基本已经限定了人物、环境、情节，等于已经为考生搭好了故事骨架。面对这样的命题，考生要关注的是如何来结合这些所给的要素继续发展故事，要侧重矛盾，丰富人物，用戏剧性的故事情节来串联这些词。

在确定了一到两个主要人物，在某个时间、某个地点，发生了某一件事情之后，考生接下来要思考的是找一个主题，确定一个冲突，建立起人物关系，此时，即可以抓住我们之前几讲中已经论述过的相关要素及其要求来进行填充，完成故事。

二、准备时做笔记

考生在进行命题讲故事的考试时，应该带一张纸、一支笔进考场，这样在10—15分钟的准备时间构思故事时，可以适当地做一些笔记，以便在现场讲述时引导自己的思路。考生在做笔记时切记不要想到什么，就写什么，把自己构思的整个故事通篇写下来，然后拿到考场上去读。这样做一是时间不够，二是很可能时间到了考生还没有写完，而影响到现场的发挥。

另外，如果这十几分钟考生一直在写，容易阻碍自己创作的思路。考生在做笔记时，首先，应该记下几个关键点，即我们前面所讲的主要情节、主要矛盾、主要人物和主要细节，搭建故事骨架，以帮助自己构思发展故事。其次，应该记下自己故事的开始、发展、高潮、结尾等主要情节点的关键词，梳理一个讲述思路，这样在临场讲故事时，可以引导思路，不至于一时忘词而语无伦次。

三、尽量简化你的故事

很多考生在进行编讲故事的环节,总是希望构思一些人物繁多、情节曲折多变的小故事。故事信息量大当然好,曲折精彩的情节也更能扣人心弦,但命题讲故事的准备时间只有10—15分钟,考生要在短短的时间里迅速地确立人物、情节、环境,构建起一个主题突出、故事性完整的短小故事,已经很不容易。有些考生为了吸引考官的注意力,竭尽所能地为自己的故事加情节,设置大量矛盾冲突,弄得故事错综复杂。如果考生有很好的文学创作功底,有能力在短时间内构思出一个情节复杂而精彩的故事当然好,但如果平时没有进行过这方面的练习,一味地增加复杂情节,只会打乱自己的临场思路。同时,高中生大多没有丰富的生活经历,如果只是为了情节复杂而乱编,往往会让故事落入俗套,有时还会因为前言不搭后语而闹出笑话。另外,命题故事最后的考查方式是口头讲述,如果考生的故事情节过于复杂,而且在口头表述的时候叙述不清楚,就会让考官听不明白,超时的可能性比较大,也有可能影响自己的成绩。所以,在构思故事的时候,考生首先要确保自己的故事能做到有开头、发展、高潮、结尾,故事具有完整性。尽量简化你的故事,不要乱加复杂的情节线索,将更多的注意力放在故事的高潮、矛盾的设置上,构思一个短小精悍、矛盾冲突精彩的故事,这样就足够了。

四、运用体态,增强表达

很多考生在考场上讲故事的时候,经常一动不动,在语音、语调上也没变化,这样的讲述,即使本来一个精彩的故事,也会因此而变成了冗长、无聊的背诵。考生在讲故事时,一是要注意肢体语言的运用。根据作品的情绪、情感来调动自己的身体动作。还可根据故事的内容和情绪,适当地加一些手势和动作。二是眼神的传达。在考场中,考官也在考查考生眼中是否有人,是否有交流的愿望,考生要注意多用眼神与考官交流,这样能够在讲述故事的过程中,更加自然。三是声情并茂地讲述。应该根据故事的情绪而有所区别地对待。讲述故事要充分地发挥口头表达的能力,把讲故事当成一场精彩的"口头表演",只有这样,才能吸引考官的注意力,激起考官对自己所讲故事的兴趣。

15分钟编讲故事的基本步骤

- 认真审题,考虑人物、环境、情节三要素,并确定主题。
- 设定故事情节,构思人物形象。
- 设置一个矛盾冲突,确定高潮。
- 考虑细节,刻画人物形象。
- 巧设悬念,选择结局。

附 录

APPENDIX

附录一 历年故事编创考试真题

▶ 江苏省广播电视编导专业联考
编写故事：以《四十岁》为题目编写一篇故事。
要求：(1)立意新颖；(2)情节起伏；(3)结构完整；(4)字数要求不低于1 000字。

▶ 南京艺术学院戏剧影视文学专业（南京考点）
编写故事：以"明月照人来"或者"房间"为题，编写一篇故事。
要求：字数不低于1 500字。

▶ 陕西省广播电视编导专业统考
编写故事：请以下列词语为关键词编写一个故事。
魔术师　保安　热闹的街头　戒指　华灯初上
要求：(1)立意新颖；(2)情节起伏；(3)结构完整；(4)字数要求不低于800字。

▶ 浙江传媒学院广播电视编导专业（长沙考点）
续编故事：红气球跟着东东像个陪伴；张奶奶被红气球跟着，上不了公交车被司机赶下；贝贝看着漫天飞舞的五颜六色的气球，任由它们飞舞……
要求：(1)充分展开想象，故事必须原创；(2)主题积极明确，语言生动流畅；(3)故事思路清晰，人物形象鲜明；(4)题目要有新意，并便于传播；(5)字数在1 200字左右。

▶ 东北师范大学广播电视编导专业（长春考点）
关键词：烟头　戒指　咖啡杯　唱片

用上面的四个关键词写一个故事。

要求:(1)字数不少于1 000字;(2)关键词的顺序可以打乱。

➡ **四川传媒学院戏剧影视导演专业(郑州考点)**

关键词:考勤 钳子 水龙头

用上面的关键词写一个故事,要求主题积极向上,情节相对完整。字数不少于1 200字。

➡ **南昌大学广播电视编导专业(洛阳考点)**

编写故事:《赞赏的目光》

要求:(1)要有一定的人物描写;(2)能从故事中提取信息来阐述所包含的含义或意义;(3)所编写的故事要求不少于1 000字。

➡ **重庆邮电大学广播电视编导专业(兰州考点)**

故事编写:一对夫妇在某市某县某村租住。儿子小明在外边玩,夫妻俩在家干活,下午五点了还不见儿子回来,夫妻俩着急了,出去找,天快黑了,小明还没回来……

根据上述材料进行故事编写,要求故事情节相对完整,字数不少于1 000字。

➡ **大连艺术学院广播电视编导专业(南昌考点)**

编写故事:《贫民窟的足球明星》

要求:(1)立意新颖;(2)情节起伏;(3)结构完整;(4)字数要求不低于1 000字。

2015年

➡ **南京艺术学院广播电视编导专业(南京考点)**

续编故事:丁莉喜欢逛淘宝也常网购,经常收到许多包裹。有一天,一个自称邮递员的人送来一个包裹,丁莉顺手就签下了,结果打开一看竟然是……

要求:(1) 立意新颖;(2) 情节起伏;(3) 结构完整;(4) 字数要求不低于1 000字。

▶江苏师范大学广播电视编导专业(徐州考点)

命题创作:《看台》

要求:(1) 以"看台"为题写小说或故事,不能写成散文、新闻评论等文体;(2) 人物必须符号化,如小李、小张;(3) 正文前附100—150字的故事梗概;(4) 字数1 000字左右。

▶江西省广播电视编导专业统考

命题编讲故事(面试)

情节续编:

(1) 柯凡手头有个重要项目,一直谈不下来,这天,他……

(2) 深夜,一阵狗吠传来……

(3) 他一大早接到公司的电话……

(4) 看见李勇又想抵赖,王强……

(5) 听着隔壁传来的胡琴声,王爷爷高兴坏了……

关键词编讲:

(1) 奥巴马　咸蛋超人　西红柿

(2) 名字　技能　信封

(3) 剪刀　钳子　悲剧

(4) 美味　年轻人　村庄

(5) 青春　小狗　天空

(6) 欺骗　奇人　外国人

(7) 培训　新年　买车

(8) 数字　实习　申报

(9) 冰冷　梅子　甜味

➜ 上海戏剧学院戏剧影视文学专业（南京考点）

续写故事：晓鲁期中考试又垫底了，班主任说："明天晚上的家长会让你家长来一趟。"……

要求：1 200字左右。

➜ 重庆市广播电视编导专业统考

续写故事：张女士国庆从重庆到桂林旅游，到一个寺院参观，一个僧人模样的人劝说张女士买了一座麒麟保平安。张女士买下后，僧人留下电话号码，让张女士把麒麟留在寺院，说以后有啥好事联系她……

要求：(1) 紧扣题目，编写一个有一定思想内涵而又生动有趣的故事；(2) 构思新颖、巧妙，情节相对完整；(3) 有矛盾冲突，富有戏剧性，不少于1 200字。

➜ 广西壮族自治区广播电视编导专业统考

人物：欣欣　爸爸

地点：欣欣家　医院　儿童乐园

情节：欣欣是个刚满10岁的小女孩，有一天她病了，检查出是白血病，一般家人骨髓配型的成功率是最高的，但欣欣发现自己是爸爸捡回来的。

要求：(1) 紧扣题目，编写一个有一定思想内涵而又生动有趣的故事；(2) 构思新颖、巧妙，情节相对完整；(3) 有矛盾冲突，富有戏剧性，不少于1 200字。

➜ 四川省广播电视编导专业统考

编写故事：题目《暖冬》

➜ 云南艺术学院广播电视编导专业（昆明考点）

编写故事（以下二选一）

命题1：以影片出现的女人拖着行李箱离开为开头编写故事。不得完全套用影片,不要细节描写和心理描写。800字以内。

命题2:以《人生何处不相逢》为题,编写小品。不得出现人物对话。

要求:(1)紧扣题目,编写一个有一定思想内涵而又生动有趣的故事;(2)构思新颖、巧妙,情节相对完整;(3)有矛盾冲突,富有戏剧性,不少于1 200字。

➔ 河北传媒学院广播电视编导专业(石家庄考点)

续写故事:双目失明的母亲在午夜车站等着从车站回来的儿子……

具体要求:(1)要把故事开端、发展、高潮、结局完整叙述出来;(2)虽然矛盾达到白热化阶段,但矛盾发展不能直线上升,要张弛有度;(3)要符合生活常理,不能天马行空,胡编乱造;(4)叙事故事情节完整,逻辑性强,语言流畅,字迹清晰;(5)字数不少于800字。

2014 年

➔ 南京师范大学广播电视编导专业(南京考点)

根据下面的关键词编写故事。

关键词:出租车 约定 盒饭

要求:800字以内。

➔ 南京艺术学院广播电视编导专业(成都考点)

故事续写:他从书架上把书拿下来,突然发现书架上有一个奇怪的标记……

根据以上内容进行故事续写,题目自拟,字数要求1 200—1 500字。

➔ 中国传媒大学南广学院广播电视编导专业(北京考点)

故事写作:以"嫦娥还乡"为题编写一个故事。

要求:800字以内。

➜ 南京大学广播电视编导专业(南京考点)

命题写作:《那一次,我真的没错》

要求:(1) 紧扣题目,编写一个有一定思想内涵而又生动有趣的故事;(2) 构思新颖、巧妙,情节相对完整;(3) 有矛盾冲突,富有戏剧性,不少于1 200字。

➜ 浙江传媒学院媒体创意专业(南京考点)

关键词:日落　地痞　禁飞　面包　回形针

请根据以上关键词编写一个故事,要求不少于1 000字。

➜ 浙江传媒学院媒体创意专业(兰州考点)

关键词:沙漠　咖啡　和平　奔跑　原谅

用上面的关键词写一个故事,要求主题积极向上,情节相对完整。字数不少于1 200字。

➜ 浙江传媒学院媒体创意专业(济南考点)

关键词:囚禁　手套　相片　傀儡　鸽子

用上面的关键词写一个故事,词语顺序可以打乱,要求不少于900字,情节设置合理,主题突出。

➜ 重庆师范大学广播电视编导专业(济南考点)

请根据给定的开头续写故事:这是一张彩色的全家福。看着照片里的人,赫然发现那天应该出现却没有出现的是……

要求:(1) 充分展开想象,故事必须原创;(2) 主题积极明确,语言生动流畅;(3) 故事思路清晰,人物形象鲜明;(4) 题目要有新意,并便于传播;(5) 字数在1 200字左右。

→ 重庆师范大学广播电视编导专业（广州考点）

阅读下面的材料，按要求续写故事。

家长会上，班主任笑盈盈地对家长们说："下面有请本学期考第一名的王丽华同学给大家谈谈学习体会。"话音刚落，只见一位男同学走向了讲台，班主任心里咯噔一下，怎么是李华东？几乎每次都是考倒数第一，他想做什么？……

要求：(1)请先将原文抄下来，然后在"……"处续写；(2)请根据给出的情境，发挥合理想象，把原文的思路和背景交代清楚，把省略的内容补充完整；(3)构思巧妙自然，情节发展合乎逻辑；(4)标题自拟，字数在700字左右（不计原文字数）；请注意控制字数，不得添卷。

2014年前

→ 2013年南京师范大学广播电视编导专业（济南考点）

以"飞机场、候车厅"为空间环境编写一个故事。

→ 2013年南京师范大学广播电视编导专业（南京考点）

请以下面三个关键词编写一个故事，字数800字以内。

出租车　约会　盒饭

→ 2013年江苏师范大学广播电视编导专业（南京考点）

题目：十三秒

→ 2013年北京电影学院戏剧影视文学（电影创意与策划方向）（南京考点）

根据下面的两个资料，选择一个，改编成中国环境中的故事，续写1 000字。

1.《孩童姿势》：一个有钱家的孩子肇事逃逸，撞死一个小孩，肇事者的母亲很爱孩子，想尽办法给他洗脱罪名……

2.《和谐课程》：一个小镇中由祖母带大的13岁小孩，在学校受尽欺负，他憎恨学校中的帮派,因此越来越孤僻,直到有一天帮派头领在学校里莫名被杀死……

➡ 2013年上海戏剧学院戏剧影视文学专业(南京考点)

题目:微博控

乐乐最近开通了微博,名为"天马行空",他(她)在网上认识了网友"荷塘月色",并且约好了与她见面。

请你想象一下他们见面以后的场景,然后编一个故事。

要求:(1)只需要写出故事的来龙去脉,不要写成剧本形式的文学样式;(2)情节丰富完整,主题能够体现一定的现实社会的意义;(3)所写人物形象丰富;(4)不要有过多的场景描述。

➡ 2012年南京艺术学院导演专业(南京考点)

题目:

1. 给我一支烟
2. 你那里下雪了吗
3. 爱在晨雾中

要求:(1)在以上题目中任选一题进行创作;(2)字数不少于1 200字。

➡ 2012年南京艺术学院广播电视编导专业(南京考点)

故事续写:

毕业那天,班长提议全班同学围成一个圈,每个人在纸条上写下自己的一个秘密,传给自己左边的人。"我暗恋他四年了,一直没敢表白,所以我选择坐在他的左边,希望能知道他的一个秘密。"只见传过来的纸条上写了这样几个字……

根据上面的开头续写故事,题目自拟,800—1 000字。

➡ **2011 年南京师范大学广播电视编导专业（南京考点）**

以"十字路口"为题，写一个 800 字以内的故事，不得另拟题目。

➡ **2011 年南京艺术学院导演专业（南京考点）**

题目：

1. 守望黎明

2. 挂在钥匙链上的哆啦 A 梦

3. 凉拌苦瓜

要求：(1) 在以上题目中任选一题进行创作；(2) 字数不少于 1200 字。

➡ **2011 年北京电影学院戏剧影视文学（电影创意与策划方向）（南京考点）**

题目：最心酸的秘密

一对身患残疾的捡破烂父子生活困难，一名叫水灵的女子有房有工作，想和这位捡破烂的父亲结婚。父亲想给儿子残疾的腿做手术，但需要十多万。后来发生了一件让所有人流泪的事情。请续写。

要求：有自己独立的构思与创意，不可抄袭，800 字左右。

➡ **2010 年南京师范大学广播电视编导专业（南京考点）**

题目：对手

➡ **2009 年上海戏剧学院戏剧影视文学专业（南京考点）**

材料：大华最近很不顺，遇到了三件倒霉事，但最后否极泰来……

要求：根据以上材料续写故事，题目自拟。

➡ **2008 年南京师范大学广播电视编导专业（南京考点）**

故事写作

材料：某天郭盈盈在公司上班，正当她准备下班时，停电了……

要求：根据材料续写一个故事，题目自拟。

→ 2008年上海戏剧学院戏剧影视文学专业（内蒙古定向）

题目：狭路相逢

开头：健康品推销员朱古力骑自行车路过丽人花店的时候，一不小心撞到了一位年轻女子，他刚想道歉，可她突然给了他一记耳光。"原来是你！"……

要求：根据材料续写故事。

附录二 编讲故事模拟真题

1. 请用西红柿、鸡蛋、导弹来组合讲一个故事。(时间:3分钟以内)
2. 请用手机、旅游、笔记本电脑来组合讲一个故事。(时间:3分钟以内)
3. 请用大山、书本、真情来讲一个故事。(时间:3分钟以内)
4. 请用沙滩、水杯、背影来组合讲一个故事。(时间:3分钟以内)
5. 请用嫦娥、牧童、孟姜女来组合讲一个故事。(时间:3分钟以内)
6. 请用老太太、三峡大坝、大学生来组合讲一个故事。(时间:3分钟以内)
7. 请用时光、孤岛、青年来组合讲一个故事。(时间:3分钟以内)
8. 请用公交车、电视塔、音乐来组合讲一个故事。(时间:3分钟以内)
9. 请用海滩、钢琴、坦克来组合讲一个故事。(时间:3分钟以内)
10. 请用老师、眼睛、窗来组合讲一个故事。(时间:3分钟以内)
11. 请用围巾、月亮、宇宙飞船来组合讲一个科幻故事。(时间:3分钟以内)
12. 请用雨伞、熊猫、九寨沟来组合讲一个故事。(时间:3分钟以内)
13. 请用手机、石头、筷子来组合讲一个故事。(时间:3分钟以内)
14. 请用长城、背篓、水杯来组合讲一个故事。(时间:3分钟以内)
15. 请用沙发、海报、口袋来组合讲一个故事。(时间:3分钟以内)
16. 请用儿童赛车、风火轮、火箭来组合讲一个故事。(时间:3分钟以内)
17. 两只鱼鹰在河岸上叹息:我已经两天没能在这条河里找到一条鱼了,明天他们会怎样呢?请接着讲述明天的故事。(时间:3分钟以内)
18. 他考试作弊,竟蒙混过了关,当他跨入大学门以后……请接着讲故事。(时间:3分钟以内)

19. 一个中学生在大山深处旅游探险,碰见了一只受伤的大熊猫,这以后会发生什么故事?(时间:3分钟以内)

20. 28岁的小伙子王正刚正在积极筹备婚事,正当他举斧准备砍伐曾祖父种下的一棵大柏树做家具时,爷爷走了过来,祖孙俩会发生什么故事?(时间:3分钟以内)

21. 古时候,一个秀才、一个农夫、一个道长,他们互不认识,但同时来到一张茶桌上喝茶,这三个人会怎么样呢?请编一个故事。(时间:3分钟以内)

22. 一个窃匪撬开了76岁的老太太的家门,家中只有老太太一个人,请问以后会发生什么样的故事?(时间:3分钟以内)

23. 一棵巨大的古树横亘在即将修建的高速公路中央,保留还是砍掉将成为林业和公路建设指挥部争论的焦点,这两个部门会发生什么样的故事?(时间:3分钟以内)

24. 一天,孔子正坐在泰山上修改《诗经》的书稿,这时候释迦牟尼走过来,拿起修订过的竹简看了又看,他们两人会说些什么呢?(时间:3分钟以内)

25. 应届高中毕业生王晓刚刚参加完高考,就把一位女同学亲亲密密地带回家,王晓的父母看见他俩的关系超过一般的男女同学的友谊……之后会发什么样的故事?(时间:3分钟以内)

26. 鹰和狐狸交上了朋友,决定相邻而居,以为彼此靠得更近了,友谊会更加牢固。请接着往后编故事……(时间:3分钟以内)

27. 你是电视台的记者,在采访回来的路上,遇上了大塞车,而你的脚在采访中扭伤了,为了保证节目的正常播出,你……(时间:3分钟以内)

28. 夜莺栖息在高高的橡树上,像往常那样唱着歌,却被鹰发现了。饥肠辘辘的鹰猛地飞扑过去,一把抓住了它……(时间:3分钟以内)

29. 有一回,擅长讲寓言故事的伊索来到造船坊。工匠们用言语撩拨他,逗他答话,于是伊索就说……(时间:3分钟以内)

30. 一天几只狐狸聚集在河边,打算下去喝水解渴,但是水流湍急,声响震耳,狐狸见此情景,无不感到惊恐害怕,彼此只是推来让去。于是……(时

间:3分钟以内)

31. 一条蛇把农夫的儿子咬伤了,于是农夫在洞口等待蛇的出现,决定为儿子报仇,蛇露出了头,农夫一斧劈下去,结果……(时间:3分钟以内)

32. 一个患有眼疾的老妇,请来一名医生为她治疗,双方商定了酬金。医生每次来看病,都采用敷药膏的方法,然后趁着老妇闭上眼睛的时候,偷走她家的一件家具。治疗快结束时……(时间:3分钟以内)

33. 宙斯要为鸟类立王,便指定一个日期,准备届时把鸟类都召集起来,以便进行比较后,为最美丽的鸟立王,于是众鸟来到了最近的河边梳妆打扮,接着……(时间:3分钟以内)

34. 有人养了两条狗,一条用来狩猎,一条用来看家,有一天看门狗跟着主人狩猎,而原来的狩猎狗用来看门,于是……(时间:3分钟以内)

35. 当上了国王的狮子俨然有君子之风。在当政期间,他把鸟兽集合起来开会,旨在通过法律调停方式,让狼和羊在一起共同生活,于是……(时间:3分钟以内)

36. 狮子上了年纪,没法再凭借力气获取食物,无奈只得耍花招行骗。于是他潜入山洞,躺下装病……(时间:3分钟以内)

37. 狮子爱上了农夫的女儿,向她求婚。农夫不舍得把女儿嫁给一头猛兽,但由于害怕又不敢拒绝,于是想出来一个主意……(时间:3分钟以内)

38. 以"父母对我的爱"为题,讲一个你生活中所发生的真实故事。(时间:3分钟以内)

39. 请你编一个"金鱼与木鱼"的幽默故事。(时间:3分钟以内)

40. 当梁山伯遇上朱丽叶会发生什么样的故事呢?(时间:3分钟以内)

41. 请用成语"卧薪尝胆",讲述一个不同于历史上的越王勾践的完整故事。(时间:3分钟以内)

主要参考书目

[1] 董小玉.故事编讲艺术[M].重庆:西南师范大学出版社,2009.

[2] [美]格里桑迪.故事情节设计[M].张敬华.译.北京:人民邮电出版社,2014.

[3] [美]弗兰克.编剧的内心游戏[M].李志坚.译.北京:人民邮电出版社,2014.

[4] 杨国安,丁匡一,钟吉成,等.48天艺考写作技巧通关[M].北京:中国戏剧出版社,2013.

[5] [美]罗伯特·麦基.故事:材质、结构、风格和银幕剧作的原理[M].周铁东.译.天津:天津人民出版社,2014.

[6] 史为昆.世界最好看的微型小说[M].南昌:百花洲文艺出版社,2013.